中国散文 60 强

云南黄昏的秩序

雷平阳 / 著

北京联合出版公司
Beijing United Publishing Co.,Ltd.

图书在版编目（CIP）数据

云南黄昏的秩序 / 雷平阳著. -- 北京 ： 北京联合
出版公司，2024. 8. --（中国散文60强）. -- ISBN
978-7-5596-7832-4

Ⅰ. I267

中国国家版本馆CIP数据核字第2024D5U028号

云南黄昏的秩序

作　　者：雷平阳
出 品 人：赵红仕
出版监制：张晓冬
责任编辑：李艳芬
特约编辑：和庚方　张　颖
封面设计：立丰天

北京联合出版公司出版
（北京市西城区德外大街83号楼9层　100088）
三河市同力彩印有限公司印刷　新华书店经销
字数150千字　650毫米×920毫米　1/16　14印张
2024年8月第1版　2024年8月第1次印刷
ISBN 978-7-5596-7832-4
定价：65.00元

"中国散文 60 强"丛书

编委会

丛书总策划

　　张　明　　著名出版人

编委主任

　　邱华栋　　全国政协常委

　　　　　　　中国作家协会副主席、书记处书记

编　委

　　叶　梅　　中国散文学会会长

　　陆春祥　　中国散文学会副会长

　　冯秋子　　中国作家协会原社联部副主任

　　吴佳骏　　《红岩》编辑部主任

　　张　英　　资深媒体人

　　文　欢　　作家、资深编辑

中华散文的文脉与发展

——"中国散文 60 强"总序

邱华栋

中国是诗的国度，亦是散文的国度。

穿越千年时空，从明清至唐宋，再由魏晋南北朝至两汉先秦一路回溯，汉语言文学中的散文实乃根深叶茂，硕果累累。无论是"唐宋八大家"之雄文美文，还是骈俪多姿的辞赋，以及名垂史册的《史记》《左传》，均为中国文学史上的璀璨明珠。"散文"与"诗"一道，成为中国文学的"嫡系"。尽管，后来从西方引进嫁接技术所催生的"小说"，大有"喧宾夺主"之势，终究还得"认祖归宗"，血脉和基因是无法改变的。

在中国散文流变历程中，曾出现过两次鼎盛期。一次是被文学史家所公认的"先秦散文"时期。其时，伴随着春秋时期的思想解放，诸子蜂起，百家争鸣，一大批散文家以饱满的气血、驳杂的学识和破茧的精神，创造出了散文的繁荣和辉煌局面，对后世产生了极大的影响。

到了"五四"时期，中国散文迎来了第二次鼎盛期。白话文如劲风激浪，吹刮和涤荡着神州大地。沉睡的雄狮醒来了，偃卧的小草开始歌唱。许多学贯中西的进步文人，肩扛文化变革的大纛，冲锋陷阵，掀起了一波又一波的新文学浪潮。《新青年》上刊载的散文，犹如一束束亮光，不但给人以希望，还给人以力量。"五四"以来的散文作品，无论是观念和主题，还是形式和风格，都跟以往的散文迥然不同。最具代表性的，当属鲁迅先生的散文（包括杂文），其刚健、凌厉的文质，疗救了中国散文长久以来颓靡不振、钙质疏流的顽疾。此外，周作人、郁达夫、朱自清、萧红、沈从文等一大批作家的散文创作亦各具特色，呈一时之盛，影响深远。

时代的前行催生了文学的发展，然而文学与时代有时并不同步甚至充满了"张力场"。"五四"的个性解放虽然催生了一批个性鲜明的散文精品，但这样的生态并未持续多久，中国散文的波峰出现了向低谷滑行的趋势。有论者指出，"散文在 50 年代既是对解放区散文文体意识的放大，又是对五四散文文体精神的进一步偏离。这种放大和偏离表现在个体性情的抒发让位于时代共性或者时代精神的谱写，政治标准优先于艺术标准，批判性为歌颂性所取代等诸方面。"（董健、丁帆、王彬彬《中国当代文学史新稿》）1960 年代初，散文创作一度出现了活跃，"专业"从事散文创作的作家群凸显出来，刘白羽、杨朔、秦牧相继登场，迅速成为散文界的三位名家。但他们的作品后人评价褒贬不一，认为其中颂歌式的写法较为单向，这种模式化的写作，不但对散文的建设毫无益处，反而扼杀了散文的个性和神采。

"文革"十年，中国散文更是一片凋零和荒芜，乏善可陈。1970 年代末，一些历经浩劫的作家开始复血，解除思想枷锁，重新拿起笔来写作，中国散文才又凤凰涅槃，焕发生机。加之各种文学刊物纷纷复刊和创刊，以及大量西方文化读物的译介出版，更为这些饥渴、桎梏太久的散文作者提供了登台亮相的舞台和瞭望世界的窗口。

1980 年代初期，伴随改革开放的热潮，思想解放大旗招展，文化随之繁荣，诸多承续"五四"精神的作家以笔为旗，抒发胸中压抑既久之块垒，出现了一批抒情性质浓郁的散文，使得现代散文这块"百花园"芳菲争艳，蔚为大观。特别是 1980 年代中期，随着作家主体意识的不断强化，中国文学开始呈现出一个崭新局面，作家从"集体意识"中抽身而出，重新返回"个体"，注重对生活的体察和内在情感的表达。这一时期，散文的艺术性得以强化，文本的精神内涵和表现空间得以拓展。

进入1990年代，社会发展日新月异，城镇化进程锐不可当，文化领域亦呈多元格局。各种文学思潮相互碰撞，人文精神的讨论更是打开了作家们的创作思路。"大散文"概念的提出，引发了散文界对散文的内涵和外延的重新讨论和界定。风靡一时的"文化散文"热，成为文坛上一道靓丽的风景。"新散文""原散文""后散文""在场散文"等散文流派"你方唱罢我登场"，争奇斗艳，各领风骚。

及至二十世纪末，一批深具先锋意识和文体自觉的新锐作家，像一头公牛闯入瓷器店，使散文天地发生了激烈的碰撞和变化，形成一股新的散文潮流，提升了散文的审美品质和精神向度。

纵观1978年至2023年四十多年来，中华大地在"改开"的黄金时代中，社会生活奔涌激荡，各种思潮风起云涌，散文创作更是云蒸霞蔚、气象万千，涌现了众多成就斐然、风格各异的散文作家和具有思想深度、艺术上乘的散文作品。岁月的流水冲走了枯枝败叶和闲花野草，中流砥柱却巍然屹立。时间留住了新时代的散文经典，经典在时间的长河中绽放光芒。以沙里淘金的经典散文向"改开"的时代致敬，是我们不可推卸的责任和义务。

别看散文的门槛貌似很低，要真正写好，却实属不易。优质散文是有难度的写作，它不但需要作者的智识、胸襟、眼界、修养和气度格局；更需要写作者的态度、立场、慈悲、良知和批判勇气。遗憾的是，散文创作繁荣和光鲜的另一面，却是大量平庸甚至低劣之作的泛滥，不但败坏了读者的胃口，而且造成了物质和精神的极大浪费。散文作家层出不穷，散文作品汗牛充栋，可真正能让人记住的散文佳构却凤毛麟角。

散文要发展，文学要前行。发展和前行就要从平庸的樊篱中突围。在突围的过程中，散文作家不可太"聪明"，不可太世故，要永存对文学的敬畏之心。一言以蔽之，散文的尊严来自散文作家的尊严。也可以说，要想散文繁荣，首先需要有一批人格健全，品德高尚，铁肩担道义的散文作家。什么样的人写什么样的文章。特别是写散文，最容易看出一个作家的内在品质和境界涵养。一个人格不健全的人，哪怕他作文的技法再高妙，也很难写出撼人心魄、抚慰灵魂的散文来。作家精神品质的高低，直接决定其作品的精神向度。

为了散文写作的突围和发展，为了建设独具特质的当代散文，也是为了更好地从经典散文中汲取营养，我认为有必要正视和重申一些常识性的思考。高头讲章的理论是灰色的，常识之树却葳蕤常青。

一、作家的个体精神决定散文的优劣。常言道，散文易学而难攻。难在什么地方，不是难在技巧，而是难在作家个体精神的淬炼上。倘若作家的个体精神不够丰富，不够深刻，不够清澈，纵使他手里握着一支生花妙笔，也写不出令人称赞的散文。那么，如何才能做到个体精神的丰富性呢，这就要求作家时时刻刻不背离生活，要知人情冷暖，体察人间百态，关心民瘼，有忧患意识，不要做生存的旁观者。一个冷漠甚至冷酷的人，是不适合从事散文创作的。

二、真诚是确保散文品质的基石。散文创作跟作家的生存经验息息相关，可以说，真正优质的散文，无不牵连着作家的血肉和心性。作家的喜怒哀乐，悲欢离合，都或隐或显地暗含在他的作品中。假如在一篇散文作品中，读者既看不到作者的体温，又看不到作者的态度，那这篇作品或许就是失败的。说明这个作者在他的作品中"说谎"或"造假"，缺乏真诚之心。作家一旦失去真诚，为文必定矫揉造作，作品也必定会失去生命力。因此，真诚是散文的"生命线"，也是"底线"。

三、个性是促进散文生长的养料。人无个性便无趣，文无个性便平质。当下，每年都会诞生数以万计的散文篇章，但能够让人记住，且读后还想读的作品并不多，何故？概在于这些数量庞大的散文，无论题材，还是语感都千篇一律，像是从"模具"中生产出来的，缺乏辨识度。散文要发展，必须要求作家具有"个性意识"。"个性意识"不是标新立异，更不是哗众取宠，而是一种"创新意识"和"审美意识"。但凡在散文创作方面被公认的那些大家，都是"文体家"，他们以自觉的写作实践，开创了散文写作的新路径。不合流俗方能独步致远，推动散文的建设和繁荣。

当然，以上几点并非创作散文的圭臬，谁也没有资格去为散文"立法"。

散文是自由的创造，散文精神即自由精神。我之所以提出来，仅仅是希望引起散文同行们的重视和参考，共同为中国当代散文的发展尽力增光。

我们策划、编选"中国散文60强"（1978—2023）的初衷，旨在对新时期以来的中国散文创作作出梳理、评价和选择，试图精选出风格各异的代表性散文作家，以每位一部单行本的形式，呈现出中国新时期优质散文的大体样貌。此项目的发起人为资深出版人张明先生。多年来，他一直追求做高品位的纯文学书籍，也曾连续多年与中国散文学会、中国小说学会合作，出版年度《中国散文排行榜》和年度《中国小说排行榜》。2023年他策划出版了《中国小说100强》，反响不俗。身处喧嚣、纷杂的环境，能以如此情怀和心力来为文学做如此浩大的工程，不能不令人钦佩！

感谢张明先生邀请我和叶梅、冯秋子、陆春祥、吴佳骏、张英、文欢组成编委会，共同遴选出60位作家。我们在召开筹备会的时候，即将作品的思想性、艺术性、代表性以及影响力作为编选的基本原则。在确定入选作家名单时，我们认真商讨，反复研究，生怕因为各自的眼力、审美和趣味之别，造成遗珠之憾。好在我们的工作得到了作家们的积极回应和鼎力支持，惠风和畅，大地丰饶。

60位入选的作家，既有令人尊敬的文学大家，如孙犁、张中行、汪曾祺、史铁生、邵燕祥、流沙河、刘烨园、宗璞、贾平凹、韩少功、张炜、梁晓声、阿来、冯骥才等。这批散文大家的作品，文风质朴、清朗、刚健，充满了"智性"和"诗性"。无论他们是写怀人之作，还是针砭时弊，歌咏风物，都有着鲜明的文化立场和审美取向。他们或出入历史，借古观今；或提炼人生，洞明世事，输送给读者的都是难能可贵的"精神营养"。

也有被散文界公认的名家，如李敬泽、王充闾、马丽华、周涛、冯秋子、叶梅、筱敏、张锐锋、周晓枫、于坚、鲍尔吉·原野等。这些作家的散文作品，特色鲜明，风格独特，诚挚内敛，从内容到形式，都作出了各自的探索和尝试，为当代散文注入了活力。从他们的作品中，我们不但能够领略汉语之美，更可以借此反观生活与存在，寻找人之为人的价值和尊严。

还有散文界的中坚力量和青年才俊，如彭程、谢宗玉、江子、雷平阳、任林举、塞壬、沈念、傅菲、吴佳骏、周华诚等。从他们的作品中，我们见到的，不只是中国散文的文脉传承，更是自由精神的张扬。他们文心雅正，笔力锋锐，不跟风，不盲从，始终保持着独立的思索和判断，在各自所开辟的散文园地中精耕细作，以崭新的姿态参与和推动当代散文的变革。

其实，细心的读者不难发现，入选本丛书的老、中、青三代作家都有个共性，即他们均在以自己的作品审视心灵，心系苍生，弘扬真善美，鞭挞假恶丑，充满了正义感和人道主义精神。这自然与时下众多书写风花雪月，一己悲欢，充塞小情趣、小可爱的散文区别开来。正是因为有他们的存在，中国当代散文才呈现出一幅绚丽多姿的长卷。

需要说明的是，有些重要的散文家，如张承志、余秋雨、王小波、苇岸、刘亮程、李娟等人，由于版权或其他不可抗原因，未能将他们的作品收录进来，我们深以为憾。

我们还要感谢北京立丰天文化传播有限公司的资金支持，感谢北京联合出版公司的精心编校，他们慷慨和无私的义举，对于繁荣中国当代散文创作、对于赓续中华优秀散文文脉、对于中国新时期的文化积累，均具重大价值和意义，可谓善莫大焉。这套丛书的出版意义将同《中国小说100强》一样，旨在给读者以经典的指引，这既是一项重要的原创文学工程，同时也是助力推动全民阅读和研究传播文化的公益工程。

郁郁乎文哉，中国散文有幸！

是为序。

2024 年 5 月 12 日星期日

（作者为全国政协常委，中国作协副主席、书记处书记）

目 录
Contents

火　车

　　很多时候，"下落不明"这一个词条总是固执地出现在我的大脑中。火车行驶过的地方，有无数的尘屑飞扬，它们像田野上破碎的昆虫，在光线中打开翅膀。那些窗口上的脸，是水中蛇的脸，冰冷而迅速，从一个地方搬到另一个地方，就像一只蟋蟀嘴中的草叶，从这一亩地搬向另一亩地，最后被带进黑暗的地缝。但是，我一直热爱着这一批批奔跑迅捷的铁器，在我居住的七楼，站在阳台上，就可以看见它们在城市的边缘跑来跑去。它们的叫声，经常将我从睡眠中提起来，我在漏水，我在不知所云地歌唱，它们的叫声把我提起来，提起来，又放下去，让我继续在移动的房子里，把一些难以固定的异乡人的庭院打扫干净。记得去年冬天，我在铁轨上行走，我之所以选择铁轨，并决定顺着走到一个陌生的地方去，是因为我觉得铁轨上有足够的铁锈，可以让我看见那些死亡的时间。在一个叫"瞎子冲"的小站，有一个人给了我一枚铜币，这枚古老部落中的殉葬物，颜色发暗，属于那种常被死者含在嘴中的护身符。在一些被掀乱了的古老土丘上，细心的人，跟着风的手，跟着风的脚，走一圈，就能捡到一小袋。含它们的嘴，已被时间运走了，依靠它们庇护的灵魂已被蚂蚁吃光了。在瞎子冲车站，我在铁轨上，把这枚铜币磨亮，铜币的正面隐隐约约地出现了《帝鉴图说》中"纵鹊毁巢"的图案，而背面则是"金莲布地"图案。那合欢的白鹊飞走了，那命潘妃在金莲上行走的齐王宝卷也被"火车"运走了。可我在瞎子冲车站，看见了一个奢华无度的帝国，它在铜币里看着潘妃步步莲花，极尽风流。而那含币而葬的人，他只想在口中含着这个帝国，一个无望的帝王，"纵鹊毁巢"，已经无力警醒的帝国。他可能是一个臣子，亦可能是一个花匠或者马夫。山地上的部落帝国，在瞎子冲车站，被我打磨得火星四溅，最后变成了一小块薄薄的铜。后来就下雪了，躲在车站旁一个遗弃的蒸汽机车的车头里，我把这块铜写到了诗句中，那是一首荒诞的诗。我写的是一座山地上的铁路大桥，桥的钢铁骨骼间生活着一群鸟，这些鸟总是在火车开过大桥的时候交媾。于是，我在诗歌中向鸟提问："你们小小的躯体，为何能发出如此骇人的巨响？如此巨大的欢乐？"

狮　子

　　狮子每天都要用二十小时来睡眠，它们只需要拂晓或者黄昏的四个小时，就足以解决好生活中存在的很多问题。唯一群居的猫科动物，享受着动物世界中最严格的秩序：强者进餐的时候，弱者只有旁观的权利。我尽力解答的，就是我所等待的——一群狮子，在它们睡眠的时候，那黄金一样闪亮的毛皮，是否还传递着不可一世的威仪，像死去的帝王？身体是灵魂的故乡，灵魂是身体的意志，我可以走近它们抽象的意志，却不能触及它们终将破败的身体。在我的整个布满风险的生存历史中，有一头狮子一直都在徘徊、觅食、吼叫、奔跑、捍卫领地、出击和睡觉。它是孤单的、高傲的，同时也是凶残的、不守律条的。远离了群居生活，它从不为一头母狮留下的气味而满山寻找做爱的机会，也不会因为情仇而绞尽脑汁。饥饿的时候，它待在梦中，没有任何力量可以胁迫它，也没有任何可能的援助会来到它身边。它就这样，没有尽头地跟随着我，一点也不平静，可又与世无争。这样的一头狮子，我无数次地期待过，希望它残忍一次给我看看，希望它从我的历史中跑出去，消逝了，或者给我带回另一头狮子。然而，每一次我都失望了，君临天下，统号群英，梦中的王，最终我只能用我的生命喂养它。忠诚于我的敌人，今夜，让我把你黄金般的旌毛理顺，你该睡了，世界很安静。

蝎　子

　　蝎子丧心病狂的交配舞以这样的方式结束：雄蝎将精液排在草茎上，母蝎再将精液收进自己的身体，那摇动的草茎，是情欲的草茎。蝎子无处不在，它们常把自己的国家兴建在烫人的沙地里，如果它们落入冰块，它们也不会像人一样很快地死去。有一个古老的国度，曾经这样对待犯罪的人：把蝎毒浸入鞭子，再用鞭子击打犯罪的人，那挥舞的鞭子，是死亡的鞭子。母蝎子靠着草茎的精液，养育了数不清的小蝎子，对生活一无所知的小蝎子，身体里藏着剧毒，它们伏在母亲的背上，在黑夜中走遍天下。可它们并不知道，它们其实是饥饿的母亲背上的一小堆粮食。

本　能

南美洲的一些花朵中，居住着一种细小的青蛙，米粒那么大，通体透明。它们世世代代都在花蕊里生活，花朵就是它们结实而富饶的家园，它们在里面流浪、探险、交媾、密谋、阻止时间流动，天堂中可能发生的一切，那儿也在发生着，并将继续发生下去。它们死的时候，也一样地将遗嘱写在花朵里，那些插满土著少女头上的花，风一吹，掉下来的白色物质，人们说是花粉，其实那是青蛙的白骨。花人是亚洲明打威群岛上居住着的一个古老民族，他们在蔚蓝色宽阔的领域之上，文身、狩猎、捕鱼、信仰巫术。那些神秘的巫师，他们在替人治病的时候，先是默诵一段咒语，然后当场宰杀猪仔，看着血淋淋的猪的内脏，他们就能准确地说出患者的病症。在一本介绍花人及花心蛙的黑色封皮的小册子上，我曾经有过这样一句批释：我们居住的地方，不是大地母亲丰硕的乳头，就是大地母亲疯狂的阴部。

蜘　蛛

山中的日子，滴水的声音，鸟的叫鸣，花朵从根须往上爬直到抵达枝头的脚步声，果实打伤松鼠——松鼠在树下的呻吟，风踩着叶子——叶子经络的断裂声，月光洗干净了狼的脸——狼站在山顶的哭泣声——1980年秋天，当我结束了我的山中生活，我的思想却一直没有终止与山的契约：我给山下的安营扎寨的筑路人送去了一颗罕见的玛瑙——它通体透明，有一只花蜘蛛静止于孤独的中心。也许被松脂困住的一瞬，它正准备捕捉前方的一只小飞虫，然而，这一颗巨大的松脂落下来了，罩住了它，并把它带到了腐朽的树叶深处——从任何一个角度，我们都可以看清楚这一只美轮美奂的蜘蛛，它像卡夫卡，那一个被世界死死困住的奥地利人。山峰与时间给了它一个梦，它被时间的松脂宿命似的抓住了。我们就置身在它的梦中，看着它。它正准备捕捉的那一只小飞虫，也一样地被它抓住了，它在梦中，最先吃掉的是小飞虫的脑袋，然后是身体和脚，它留下了小飞虫的翅膀，那是它必须留下的，它要用翅膀装饰它的网，它要用翅膀，默默地与山峰以及整个世界讨价还价，因为它怕，它怕它猝然的出击是空的，它怕世间万物仍然威胁它，命令它，它怕它的死是真的死了，而它，活了一生，还不知道山有多高、异性有多销魂。1980 年的秋天，我与筑路人生活了大约半个月的时间，我刚住下的第二天，一个筑路女工因为无故旷工，被工头惩罚了去山上捕捉带毒的红蜘蛛。女工在山上忙碌了一天，两手空空地回来，工头也没说什么，可这个淫荡的女工却痴痴地，做梦一样地对工头说："红蜘蛛，红蜘蛛，比月经还红。"

山　冈

　　没有人的时候，山冈的颜色非常单调，或者说非常纯粹。雪白的燕麦、褐色的石头再加上红色的泥土。树很少，绿色十分有限，树的影子是黑色的，也很少，阳光可唤醒很多东西，可还是改变不了固定的黑色。以上罗列的一切，似乎显示了对比强烈的色彩感觉，可它们同属于"山冈"，因此，它们还是单调的，有一份寂寥始终串联着它们。这跟我们置身闹市而又仿佛孤身一人的感觉是近似的，它们已经被"山冈"所抹杀，就像人群已经被一个人所抹杀一样。有一阵子，我的确喜欢过史蒂文斯的诗歌《坛子轶事》。圈内人都知道，这种喜欢，任何人都会将其视为一种群体行为而非个人本性，这说明，这种喜欢，有着赶时髦人云亦云的味道。田纳西州众峰之上的坛子。秩序。开辟。脆弱的诗歌材料。无一不是浮华年代的时尚词汇，更何况那是大师的东西，大师的旗帜上，有几个人的面容不是奴才的面容？《坛子轶事》与山冈有关，"美国的田纳西"的"山冈"，史蒂文斯的血，我的遥远的泪。诗歌语言中的真实，我诵读过程中的想象。如果史蒂文斯把那坛子，上了釉的坛子放在中国的任何一座山上，那坛子一样的不朽，那坛子一样可以让我的故乡云南所有的群山向它涌去。

以前曾经读过格罗塞的书《艺术的起源》，他说，当我们的人种学和文化史把澳大利亚人还当作半人半兽的时候，其实人们已经在澳大利亚格楞内尔格的山冈上面发现了许多艺术品位极高的图画。我突然想起这些，并不是说我对澳大利亚古老图画传达的艺术信息感兴趣，而是我对"山冈"感兴趣，云南也有许多画在山冈上的图画，年代也一样的久远，可我从不过问。翻过几遍的《东巴文化》大型画册，与山冈无关，因此我也就感觉不出我极力想把握的某种悲怆情绪。它们是漂泊着的东西而山冈永远站着不动。我有到山冈里去徒步的癖好，有树的山冈，到处是悬崖的山冈，开满野花的山冈，我文章开头描写的山冈，我都去过。有一年秋天，我还去了积满白雪并插着经幡的山冈，那些山冈上有很多玛尼堆，它们是山冈的山冈，那地方有黄颜色的僧人，他们是山冈的心。可我还是偏爱单调无比的山冈——藐视生命或信仰的山冈。有一回，雪白的燕麦收割之前，我曾经看见一群人在燕麦地里捉奸，被捉的人泪流满面，我也泪流满面。

鸭　子

在河流上牧鸭的亲戚曾经跟母亲说，她家的厢房里埋着异乡人的一袋金子。傍晚的阳光透过窗户照亮了母亲的白发，母亲一声不吭，她深知这个神经质的亲戚又在玩弄富裕的游戏。金子，什么是金子？母亲讨厌亲戚中间盛行着的这种令人不安的虚浮的臭德行。母亲相信亲戚家的厢房中什么也没埋着，那里只有鸭蛋和腌制鸭蛋的一坛坛腥味十足的盐水。

我曾经无数次跟着牧鸭的亲戚在河流之上寻找她丢失的鸭子，寻找她脸庞垂落水中的深情的目光、笑容和泪水。水偷走了她的鸭子，时间偷走了她的心灵。她常常在流动中用她的双手扒开水草，用她的悲伤止住水流。我踩着她流水上面的影子，阳光或者月光仿佛是我的同伙，它们都想阻止这徒劳的行为，一齐拉住她，给她制造了数不清的关于结局的陷阱。风吹过水面，吹着那些散落的鸭毛——它们就像少女脸上的雀斑，巫婆声音里的咏叹……它们动一动，人心就颤抖，欲望就浮出来，爱情在滋生的一瞬就缩回去——空着双手的人，大地之上到处都有。鸭子，鸭子，你扁扁的黄嘴在哪里？鸭子，鸭子，你拍水的羽翅在哪儿又折断了一回？鸭子，鸭子，你的黄色的蹼踩着哪儿的鱼背而浑然不觉？

鸭子，我们在找你，水流得多急啊，急坏了我家的穷亲戚。我家的穷亲戚，她跟着流水越走越远，嘴巴里发出金子的叫鸣。

蚂蚱

噢，你这头老山羊，哪儿才是你啃草的地方？草垛里总是藏着类似的提问。就包括下雪天，蚂蚱早已在秋天的白霜里死去之后，这样的提问，也会沿着雪花的边沿爬出来，并且那一个约会的犹疑者，还会对着月亮或者星斗这样的线人保持一分钟的沉默，然后对着草垛低沉地回答：蚂蚱，蚂蚱，金色的蚂蚱。

蚂蚱，秋天的秘密。蚂蚱那夸张的双腿上长着锯齿样的刺，它曾经无数次地将我们刺伤，它那金黄色的刃，穿过我们的肉，表皮的肉，很容易地就把秋天的血液涂在了谷粒上，把我们所有的记忆篡改为饱满的颗粒。还有蚂蚱的翅膀，它的花纹就像水草叶干枯之后的花纹，很少展开，展开了，就必须飞翔，就必须逃命。我们都见识过蚂蚱之羽独立存在于冬天宽阔的田野上的景象：那时候所有的蚂蚱，胸腹和背脊全部腐烂了，剩下的只有两颗鼓鼓的眼珠、坚硬的变黑了的双腿和变白了的一对翅膀。

我们都不敢动这一小堆灵魂，稍有触动，它就会分离，它就会变成单独的眼珠、单独的翅膀、单独的带刺的腿和单独的生命的灰烬。

那唯一剩下的草垛，它的孤独我们可想而知，那仅有的一丝秘密岂不又将一文不值？

正　午

　　有一阵阵空阔的风声从山冈上滚落下来，坐在峡谷底部的荒废了的水渠边，我感觉到羊群或者冬天的雪团在下落。多美的山冈，我的祖父埋葬在上面；多么厚实的山冈，我的姐姐埋葬在上面。那些短衣服的灌木，那些秃耳朵的石头，那些大嘴巴的泥土，它们此时正把风声推向我的这边，不是埋葬，它们带着清凉，带着我的祖父和姐姐的愿望，借风的流速，往下落。在风的裂口上，我能清楚地看见遭人弃用的水渠，弯弯曲曲的堤坝，没有水，跟着风声，来到我的身边。在风声滚过的地方，红颜色的泥土上，遍布着许多星星点点的小花，在正午的阳光下，像姐姐小小的脸，像祖父明明灭灭的念头。可是，风声总要过去，水渠是真实而具体的，却没有水，山冈上被埋葬的一切，它们来不到我的身边，我的身边只堆满了短小的叶片和昆虫的翅膀，微弱的光，是水的魂。水的魂：只闪耀着微弱的光，它们来自枝条和肩膀，枝条断了，肩膀丢了。这正午的山冈上，风声也渐渐地停了，只有我的祖父和姐姐依然守在上面，泥土遮盖着他们，他们活得像死者一样。

教　堂

　　罗丹的著作《法国大教堂》是人们提得较多的堪称大书的作品之一。1994 年初春，在我接触这本书的时候，我正在昆明的西郊工作，那儿是个山头，坐在我每天上班的办公楼靠东边的那个露天晒台上，我常常望着远处山头上那个造修华丽的殡仪馆发呆，生与死的问题令我一筹莫展。在一首诗中，我把那殡仪馆命名为"天堂的站台"，我一直觉得，人一旦途经那儿，就肯定可以抵达一个他曾经恐惧或渴望但又从未去过的地方。对恐惧者来说，说不定他到了那地方才会觉得他其实到了一个乐园：而对渴望者来说，说不定到了那地方之后他才会感到他真正想到的并不是那地方。一切都正是时候，一切都晚了，人世间的规律和秩序从来都是冰冷的，恐惧者的幸福与渴望者的苦难不能抵消，也不关联，苍凉的回首不能成为拯救自身的法宝。我曾经告诫自己：就这么坐着，就这么发呆就足够了，阳光灿烂，树叶鸣唱，那殡仪馆金碧辉煌，为亡灵弹奏的火焰映衬着清亮的溪水，还不够吗？罗丹是个好人，他拒绝了生与死的话题，拒绝了灵魂和信仰，他说的是艺术——多么绚丽的华章，甚至连时间和宗教都掩盖不了，连上帝也歌吟。是的，的确有那么一种时候，我们像一具空壳，仅仅是因为想听听颂歌而走向教堂，一无所知，心无所动地离开之后又深情无比地说起教堂，一切都仿佛真的而自己又虚弱不堪。假如真有上帝，我们往往是在上帝的眼皮子底下变坏的，最终死在上帝那双宽大的手心里，似乎上帝曾经安慰过我们的死却从未安慰过我们的生，而最后，我们顶多只能是一个到过教堂的人，却从未在人间的大道上停过片刻。罗丹是个好人，他留住了我们的影子。

一个少年窥探者的嫉妒

妻子 A 与一位男性邻居来往甚频，也许他们之间真有什么暧昧关系？或说这"暧昧关系"纯属子虚乌有？但主人公即丈夫的那双充满了猜疑与嫉妒的眼睛，还是迅速地、长久地变成了一台摄像机，透过百叶窗的缝隙，将他俩的一举一动从各种角度，精细地、不厌其详地一一记录下来……这几乎是法国作家罗伯-格里耶不朽之作《嫉妒》的全部情节？

有意思的是，jalousie 一词，在法语中，有"嫉妒"之义，也有"百叶窗"之义。嫉妒总是产生在暗处？然后又不得不通过百叶窗去体现？最后才是偷窥？通过百叶窗去偷窥？有一段时间，我们都把身边的一位作家称为"少年窥探者"，为什么这样叫他，原因是发生在他身上的一个爱情故事。

这位"少年窥探者"的大学时光，是在一所长满银杏树，也就是每每到了秋天就黄叶飘飘的大学校园里度过的。那时候，他这个来自边疆的"乡下鸟"总是沉默寡言，不跟太多的人来往。今天他之所以还能对川端康成的某些小说片段倒背如流，就是因为那时候他彻底地沉溺在了川端的语言世界中了。沉溺于川端，无论是谁，都是在感情上付出代价，"少年窥探者"也不例外，他默默地爱上了校园中最美的一个女孩。爱的方式自然也都是校园模式：①在图书馆选择最佳的观看女孩的座位；②装着若无其事但又心跳加速地与女孩"邂逅"；③隔着五十米左右的距离对女孩进行"跟踪"；④尽最大努力地出现在女孩可能出现的公众场所，但又总是藏身在最遮蔽的角落；⑤躺在床上遐想并在梦中梦遗；⑥上课总是走神，学习成绩一般……他爱了四年时间，想过要以某种方式认识女孩，但都一一被自己否决。毕业前夕，一支幻想的军队面临着就地解散的结局，"少年窥探者"作为"乡下鸟"行将飞回乡下去，终于找了一个借口，那年头很多人都在怀揣着一个个小梦想同时又装出一副大悲壮的模样往海南岛跑，他就给女孩手抖脚抖地写了一张两指宽的小纸片，说他爱她爱了四年，现在要去闯海南了，别无所求，只求与她在银杏树下见一面，要她一张照片做纪念。若问"我"是谁：银杏树下那个抱着一本《川端康成小说集》的青年！

"少年窥探者"最终也没有与那女孩认识。女孩向他走来时，"目空一切"的神情伤害了他，他转身走了。多年以后，女孩远嫁澳大利亚，并在此之前制造了一个又一个的绯闻，但"少年窥探者"也没有死心，他决心做一个小说家，把自己所有的真情全变成文字，并相信女孩总有一天会捧着他的书，静静地读，直到泪流满面。但是，我们也在这"少年窥探者"一篇以女孩做原型的小说中看到了这样一个歹毒的情节：女孩在澳大利亚当了妓女（这怎么可能？）。

一座桥

　　这座桥在云南的东北部，在昔日的风景中央。它独立的姿态让人无法将它和水联系起来，它沉重的闸门偶尔才在夏天涨水时提起，像一扇天空的门。平时它都被放在河沙上，它钢铁的身体牢牢地扎入流沙之中，当河床里的沙流空了，它也会漏水，像缺了门牙的老人，谈话时总会有口沫飞溅，而时光的故事也就由此开始。漏出的水引来下游的鱼群，不顾一切往上跳，碰出肉的声音。

　　这是一座很美的桥，钢筋藏在水泥中。在它宽宽窄窄的裂缝中，先是墨绿色的苔藓，然后才是翠绿色的青草，柔软和冰硬之间，守桥人换了一个又一个，触电死的那一个，据说还跟半公里路以外的张家妇人有过一夕之欢。和死人睡过觉，张家妇人经常在黄昏神志不清，坐在满室环坐的亲戚中间发出饥饿的呻吟。

　　我们常常在夏天攀着光滑的桥身往上爬，坐在高处看着蓝蓝的水。爬上去，跳下来，上去是天，下来是水。上去时偶尔会摔下来，把腿摔断；下来时偶尔会摔下来，浑身被水打疼。这不像游戏，每一个做这种事的人都彻底投入。后来，来了一个高大的守桥人，他把所有能通向桥身的通道堵死了，用的是石头。我们就只能远远地看着桥，它的作用就仅仅只是拦住水了。这座云南东北部的桥。它的四个桥洞里，每天晚上都栖满了鸟和鸟的穷亲戚。而它所勾连的两岸，一边是原野，另一边也是原野，空荡荡的原野。设计者没考虑让它成为路，所以，张家妇人说，那儿有个陷阱。一个孤单的类似风景的陷阱。有一年我和阿胡在桥下捉鱼，阿胡差一点被水淹没，而我的双手则被鱼翅戳得鲜血淋漓。

　　每年的夏天，漂满了上游城市各式隐秘之物的洪水都会涌来敲打闸门。守桥人看着洪水的模样，便从专用的楼梯往上爬，桥的顶部有一个巨大的铁皮盒子，盒子里躲着起吊闸门的黑机器，电钮动一动，闸门就轰轰隆隆地往上升，获得自由的水就发出千恩万谢的疯狂。有时候，洪水不大，闸门依然不动，我们就会在桥周围的河埂上打捞城市的浮物，那些新鲜的破玩意儿，诸如牙齿、避孕套、装脂粉的塑料袋子，捞起来，晒在洒满阳光的青草地上，有着一种令人眩晕的美。我们将其分类，然后比比，看谁捞得最多。有时候，云南的东北部大雨滂沱，洪峰一个接一个地扑来，而桥的专用电线又被风吹断，守桥人看着提不起来的闸门大声痛哭。洪水漫出河埂，在原野上痛快地散步，见谁灭谁，一路欢歌。这种时候，聪明的守桥人就会跑向村庄，喊来一群精壮的男人，用手摇动机器，把闸门提起来——男人们就笑：如此简单的东西，干吗要关在铁盒子里？

虫虫站

这里的"虫虫"专指土蚕。

在化肥年代之前，土蚕仿佛可以生长在任何一种农作物的根部，饿了的时候，它们就咬农作物的根，一天天蚕食，地表上的农作物就一天天地蔫下去，直到风干。为了置它们于死地，我们经常在农作物的根部埋小撮小撮的六六粉或将六六粉溶化在水中浇灌农作物。

丰收的愿望迫使我们凶心毕露，这些肥硕的小生命常常在土中就变成了薄薄的壳——在哪里成为生命就在哪里消亡，黑洞洞的土里留着它们鲜为人知的魂。

飞机草是上佳的农肥，飞机草生长的地方，野花开得最烂，乡间情侣的约会也最缠绵，而土蚕也最多，大蓬大蓬地掀开，土蚕就从繁杂的根系中滚出来，像一滴滴恋人的泪。我们在四月的春风中到处寻找飞机草，老师说，五十个土蚕可以换一个作业本或者一支铅笔。那是美好的时光，我们把飞机草一一掀开，像春风把女人的裙子掀开，滚出来，滚出来，土蚕滚出来。土蚕放在瓶子里，放几叶草，放几撮土，养活它们，看它们密密麻麻地在肉与肉之间，蠕动着争吃草叶，或者在拥挤中默默地死去。那种惊心的场景，就像安格尔画笔下的土耳其浴室中的西方肥艳的美女。我们常常因为忙于追逐那些未被掀开的飞机草而错过了虫虫站收虫的时间，只好将土蚕带回家，有时瓶子小而土蚕太多，它们就爬出来，爬上床铺，爬入吃剩的菜中，爬入母亲的绣鞋，爬到油灯光下，白白的颜色，或死或生。母亲大怒的样子我们不敢看，她痛恨这小小的生命在家中活着或者死去，她痛恨它们搅乱了家庭的秩序。

虫虫站离学校不远，围墙很矮，几间土屋，门前一大片土地，地上立着些我们弄不懂的仪器。他们是干什么的，我现在也弄不明白。反正他们年年收虫的时候，大门紧闭，那地方像一个地主的家园，充满了破败和神秘的气息。多年以后，我从那儿经过，虫虫站已经消失了，土地划拨给了附近的农民，茂盛的飞机草没有掀过的痕迹，倒塌了的围墙上尽是些谷雀拉下的灰白的屎。

马

　　骑着马穿州过府，马身上的火焰熄灭了，骑马人就把马埋葬在天空中。埋完马，天还没亮，骑马人在水边洗手。洗到天亮，手还是一双黑手。恐惧占领了骑马人的心灵，他返回埋马的地方，他想把马从天空里刨出来。刨到黄昏，骑马上刨出了自己的双手，一双干枯了的婴儿的小手。再刨，骑马人刨出了自己的头颅，一颗祖父开裂的头颅。

屋顶上的歌者

挖地的时候，曹送与刘武兵发生了争执：刘武兵在两家地界的田埂上多挖了一锄。死神就对刘武兵一家人说："你们死吧。"当天夜里，刘武兵一家六口就在睡梦中，全死在了曹送青汪汪的锄刀下面。刘武兵的爹，七十多岁，独自住在厢房里，死后的形态是这样的：双膝跪在地上，双手着地，立着的身子上有血，头颅却被砍飞在了屋角。公安同志分析，死者临死前曾有过哀求。死神带走刘武兵一家之后，曹送回到了自己的家，点燃了屋子，一个人，提着铡刀，爬到屋顶上，坐下来，对着春天的夜空，唱起了我们村庄代代相传的情歌。我们村庄，许多被惊醒的人，围着着火的屋子手足无措，亲眼看着曹送在火焰中停止了歌唱，并最终消失在火焰中。

丧心疯狂

　　有一个穷人名字叫曹福，家道不顺，六畜净亡，子女夭折。他与妻子做了个小小的合计，就带着一升大米去拜见巫师，希望巫师能为他指点一条改变家庭厄运的路途。巫师收下了大米，为曹福指出了两条路：第一条，鉴于曹福一家多年来一直住在坟墓里，房子是阴宅，建议曹福另选风水宝地，建一阳宅；第二条，找三副男童阳具，埋于床底，阴宅就会阳气大盛，化阴为阳。穷人曹福回到家，静悄悄地走了第二条路，他把左邻右舍的男童叫了三个来，一一地杀了，取阳具埋于床下，三具小尸体则借夜色埋到了村外河流的沙洲上。在接下来的几天时间，穷人曹福一直置身在寻找丢失男童的人群中。可就在人们准备寻求公安同志帮助的那天前夜，他弄来了三张红纸，刻意地用歪歪扭扭的笔法写了三份告示，贴到丢失男童的邻居门上，说孩子都被人拐卖了。三家人再去问巫师，巫师也说是被人拐卖了，就信以为真，再没有做任何努力。时间过了半个月，有人到村外河流的沙洲上取沙建房，挖出了三具男童的小尸体。公安同志来验尸，发现都没有阳具，就断定此案与村庄里盛行的巫术有关，叫来巫师，巫师供出了曹福。再问曹福，穷人曹福对杀人取阳具、写纸条等一概供认不讳。这个案件一度被媒体炒得沸沸扬扬，在一篇长长的通讯文字中，记者在行文中多次使用了"丧心病狂"这一成语。

白毛记

　　一些异乡人常常会从低处爬到我们红颜色的山地上来。在他们中间，有铜匠、货郎、人口贩子、錾磨人、木匠以及耕夫。耕夫来了，大都是带着家庭，因此，当他们站在某块石头上，四面望望，就会选择一个相对隐秘的山坳，停住脚、卸下行囊、筑一间土坯房，长住下来，开始他们与泥土、溪流和五谷生生不息的舞蹈。但铜匠、货郎之流，来了，又走掉，再来，再走掉，像邮差，像孤魂野鬼，村庄里的人，很少会记住他们，更不会关心他们来自江浙，还是去向四川。正因为如此，当公安同志希望全村的人，打开记忆的仓库，找出七年前在我们红颜色的山地上活动过的，一个头上长着一撮白毛的人来，全村人经过冥思苦想，始终一无所获。面对着全村人空洞的眼神，公安诗人张渔毫不客气地说：这是个没有记忆的村庄。为什么要把我们的村庄推回到七年前，又为什么要找一撮白毛而且如此兴师动众，这事还得从牧羊人杨云修说起。但说起杨云修，我们明显地感到，公安同志在所有的调查中忽略了一个至关重要的细节：月琴。牧羊人杨云修，年轻的时候，每晚都抱着一把月琴，而且每晚都从琴箱中放出一支黑山羊的队伍。他放出来的黑山羊，嚼碎了多情的树叶，舔干了青草上的露珠。可随着时光的流转，黑山羊老了，躲在琴箱里，牙齿松动了，犄角干枯了，皮毛失去光泽了。没有了黑夜里的黑山羊，杨云修的黑夜，只有萤火虫提着一蓬蓬小小的火焰来到他的梦中，在他日益变形的身体里做短暂的旅行。年老的杨云修的梦中，埋葬着几十个年轻杨云修的尸体，也埋葬着一把断了弦的月琴和一群垂死的黑山羊。牧羊人杨云修再不是当年弹着月琴的那个杨云修，那一天中午，他领着他仅有的两头羊，在我们红颜色的山地上，顶着毒烈的阳光，寻找喊泉。他已经热爱上了喊泉，空空的山洞，喊一声，水就会流出来。这种在书本上被称为"间歇泉"的东西，杨云修认为是圣灵的恩赐，喊一声，清水就会流进火塘一样的羊嘴巴。可那一天中午，杨云修和他的两头羊，没有像往常那样顺利地找到喊泉，相反，在穿越石丛的途中，走在前面的那头羊，前脚一空，就掉进了一个黑暗的山洞。据后来的公安同志测定，这个山洞有三十米深，一头羊子落入山洞，杨云修的半条命也跟着落了下去。在请来村里人帮忙，几次营救未果之后，杨云修本已决定放弃，可第三天，当牧羊人杨云修再次情不自禁地来到山洞口，他听见了洞中游丝般的羊子的叫鸣，气如游丝，但锋利无比，是的，那是一种锋利无比的叫鸣。所以，当再一次营救工作展开后，牧羊人杨云修似乎又变成了弹琴人杨云修，无论人们怎样劝阻，他还是把绳索系在了腰上，在黑暗中，往下落，往下落，落到了三十米的深处。羊子还活着，只摔断了一条腿。羊子吊上去后，弹琴人杨云修在黑暗中，首先摸到了一把烂了琴箱的月琴，之后，摸到了一个口袋，一拉就散开的口袋，淌出来一堆骨头。黑暗中的绳子再下来，弹琴人杨云修把月琴插在腰带上，手中拿了一个头颅骨，很快地就回到了我们红颜色的山地的平面上。手中的头颅骨，杨云修随手掷在地上，立即就被看热闹的孩子们用石头打碎了，那白花花的碎片，离开了山洞的人们，回头一看，远远地闪耀着光芒。这事，很快就传到了公安同志的耳朵里。公安同志进村来，那一个公安诗人自告奋勇地承担了拼接头颅骨的工作，他找来了面粉，揉成人头形，再把一块块碎骨嵌进去，干得又快又漂亮。然而，我在前面曾经说过，那是有着毒烈的太阳的日子，我们红颜色的山地上，热浪滚滚，连牧羊人杨云修这样的老人，也只穿着一条红裤衩子，皱巴巴的胸脯子上全是汗珠子在闪闪发光。公安同志们暂住的粮食仓库，厚厚的土墙房子，墙没开裂，几个小窗也早已被封死，一天到晚，阳光炽热的小脚板一直在红瓦上原地踏步。就算到了深夜，仍没风吹来，积压在屋子里的热气仍然蛰伏在每一个角落。那厚厚的土墙，更是把一天之内吸纳的热气，一一地喷洒出来，使整个粮食仓库始终像西双版纳热带森林中的一间隐修人的密室。公安同志们不能入睡，一一坐在仓库外的平地上看月亮。山地上的月亮，红红的，又大又圆，仿佛没有依靠，却牢固异常，行动迟缓。它红颜色的光，绣花红线一样垂挂下来，公安同志们甚至能看清楚每一根红线上的绒毛。红线落在山地上，立即就变成了水，在山地上漫流。它们弹奏着石头，弹奏着矮小的灌木丛，歌声弱小，却柔情万种；它们抚慰着枯败的花瓣和叶子，小小的舌头上弥漫着蜂蜜，把死神迷醉，让爱神来临。面对这样的夜，公安同志们谁也没说话，呆呆地坐着，任凭周身红线流淌，只有公安诗人的内心亮着一支红烛，烛泪点点，烛焰飘忽。夜更深了，他们都一一倚着，在月光中沉沉睡去，山地上的月亮没落下，山地上的太阳已经升上来，阳光照着公安同志们的脸，在一群群红蜻蜓的干扰下，他们意犹未尽地醒来。推开粮仓的门，公安同志们一一地惊呆了，公安诗人用面粉拼接的人头骨，在桌子上，一夜之间，长得硕大无比，狰狞无比，像一个巨人国中残忍的大神的头颅。头颅上密密麻麻布满了细裂缝，眼睛、鼻子、嘴、额头、下巴比刚拼接成形时足足大了几倍，那些原有的相关的小骨头，陷在面粉中，像粗糙的建筑物上贴着的破碎的瓷砖。把每一块小骨头联系起来看，你会怀疑是谁在曾经柔软的一坨面粉上用心不良地布置了一个死亡的图形，玩死亡的游戏。同时，这个面粉人头，除了小骨头仍略显有序外，面粉无序地自由生长，使整个头颅形象怪异，比如眼眶，骨头被面粉举出来，使眼眶在头颅之上凸立着，仿佛整个头颅的力量全集中到了那儿，甚至想长出一双手来，抓住点什么。还有嘴，牙齿已被面粉裹住了，它的锋利消失得无踪无影，可上唇骨和下唇骨却被拉开了更大的距离，使嘴巴张得更大，张得更有力，从其姿势上看，你会听见这张本用来说话和吃饭的嘴巴中正跑出来无数无形的东西：比如愤怒、申诉、求救以及遗嘱，以及黑山羊……惊呆了的公安同志们站在仓库门边，呆呆地站了大约两分钟，接着便大笑了起来。天气太热，面粉发酵了，昨天的人头，今天走样了；昨天的诗歌，今天变成笑料了；昨天的诗人，面对发酵的头颅，羞愧了。当然，这意外的喜剧，并没有妨碍公安同志侦破这一无名尸骨案的进程，只是害得另外一个公安同志在重新拼接头颅时受尽了折磨，他到河边去清洗骨头上的面粉，骨头中尚未散尽的骨油，弄得他呕吐不已，直骂公安诗人是"杂种"，是"白痴"。后来，公安同志深入黑暗的山洞，取上来了其他尸骨以及周围的泥土，在泥土中，公安同志发现了一撮完好无损的白毛。对尸骨进行化验，公安同志说，这是一个头上长着一撮白毛的人，已经死了七年时间。在我的印象中，这个案件，经过长时间的调查，最终还是搁下了。只是在公安同志走访一个山洼中的錾磨人时，案件差一点破了。錾磨人说，以前有一个货郎，卖女红用品，住在另一个山洼中，并与村庄里的一个女子有来往。可公安同志照此线索追查了一段时间，也没能将那女子找出来。之后，公安同志又去找錾磨人，錾磨人说，那货郎天天晚上弹月琴，他的琴箱里，总让人觉得有一支黑山羊的队伍在奔跑。于是公安同志又去找牧羊人杨云修，杨云修把山洞中取出的破月琴交给了公安同志，并说，在这片我们的红颜色的山地上，弹月琴的人，只有他一人。不过，最后还应补充一下的是，据参加了本案侦破的后勤工作的村长讲，在公安同志下洞侦探的时候，在洞中又另外找到了一堆尸骨，其死亡时间大约是二十年，这尸骨甚至连白毛这样的特征也没有。他究竟是谁，村长认为，只有鬼才知道。

金色池塘

　　池塘的四周长满了杏树和杨树。杏子熟了的时候，满树的毒虫就从腐朽的叶片间纷纷往下掉，掉在水中，被水淹死。池塘中因此翻卷着毒虫绚丽的小尸体组合而成的波涛——谲异的波涛。那些熟了的杏子，在阳光的照射下，它们的反光，总是箭簇一样射入这个五亩地大小的池塘。我们的池塘，藏着光，藏着光的刀刃。这种时候，采杏人就会坐在杨树的阴影里，吃着杏子，唱着歌，看着从村子里涌来的成群结队的鸭子。鸭子金黄色的扁扁的大嘴，在阳光的照射下，它们的反光，像一柄柄神奇的小斧头，砍伐着谲异的波涛。"三个阳雀共一山，两个成双一个单；两个成双飞去了。剩下一个守空山。"在采杏人的歌声中，鸭子，吃光了波涛，也带走了池塘中的所有喧嚣。当我们的池塘在平静中把秋天等来，杨树的叶子就黄了，池塘中的火焰，静悄悄地燃烧，洗衣女人的脸，在火焰之间，像一个个烧烂了的土陶器，圆圆的，烂了，烂给水看。那一天，当洗衣女人李长芬把脸从秋天的火焰中收回来，她看见离她不远的水面上浮着一件衣物。在她把衣物打捞上岸的同时，她也把一只被水泡胀了的巨大的手掌捞了上来。巨大的手掌，多么柔软，碰一下，就流出水来，她惊恐地将它丢在地上，发出一声闷响，并立即与地上的落叶纠缠在了一起。洗衣女人李长芬变形的脸上，多了一层白霜，顾不上收拾洗好的衣物，便如一只低飞的大鸟，迅疾而仓皇地投向我们的村庄。在她的背后，无数阔大的杨树叶，正鬼脸一样飘落下来。当她进入村庄的时候，村庄里到处都有人影在飞奔，到处都有人在惊叫、在喘息、在前言不搭后语地向着另外一些变形了的脸传达着什么。孩子们缩在大人的衣襟下，老人们在吆喝着将家畜赶入栏栅。李长芬还没有来得及向人们讲述她恐怖的发现，浑身颤抖地蜷缩在屋角，双唇发紫，她的丈夫已把她抱到了床上。这个村庄里闻名的胆小鬼，最喜欢做的事情就是，每当恐惧来临，比如村庄里死了人，比如听到一个鬼怪故事，就会将李长芬抱上床，以他少有的疯狂和韧劲，在李长芬的身体中躲藏起来。而平常时候，李长芬也非常乐意接受这种因丈夫的恐惧而得到的肉体狂欢，那恐惧在千篇一律同时又新意迭涌的技击之间，遥远而又真切地流出来，顷刻之间就变得狂妄无比，就是长啸，就是刀锋的呻吟，就是博大中的无声无息。可今天，胆小鬼的恐惧找不到一个地方可以盛载，他下身那块热烈的热衷于飘荡的土地，像冰块一样寒冷，而他自己的恐惧正源源不断地从骨缝中跑出来，寻找着出口……这个胆小鬼，从此以后，成了村子里的闲人，无论走到哪儿，嘴巴里都喊着："腿，两条大腿。"他再不下地干活，只会喊："腿，两条大腿。"那天，也就是李长芬捞起手掌的那天，几乎同一时刻，这个胆小鬼，从菜地里挖出了两条大腿。李长芬跑回村庄时，村庄里的气氛之所以令人窒息，是因为在那之前，鳏夫张大贵从粪池中捞出来了女人一对硕大的乳房，张大贵捞到乳房的事刚刚把我们的村庄陷入交头接耳之中，一袋烟的工夫之后，又有人说，种烟人李庆又从蓄水池中捞出来了一个包裹，包裹中滚出来的是两颗人头：人们正为之毛骨悚然的时候，又有人说，屠夫曹冲在草垛中发现了一堆肠子和一把血淋淋的锤子……李长芬跑回村庄的时候，人们正在说胆小鬼在菜地里挖出了两条大腿。这个令人惊恐而又恶心的碎尸案果断地将我们的村庄变成了血腥的地狱。公安同志进村来，警笛声震得我们的村庄空气嗡嗡叫鸣。这想象中的黄蜂，这些死母牛的遨游之子，在它们尖厉的飞行中，它们的声音，使我们的村庄眩晕，使许多人发出了剧烈的呕吐。这想象中的黄蜂，我相信许多读过 M·T·瓦罗的著作《论农业》的人都会记住这样一幕：为了生产黄蜂，只须盖一座长宽各 15 英尺的房子，房子有一扇门，四扇窗——每面一扇。在这座房子里放一头三十个月大的肉多而肥的公牛，这头公牛是被一伙年轻人用棍子活活打死的。这公牛要打得肉碎骨折但又不能流血。然后他们必须使这头牛背朝下，用百里香盖上它，再离开这间屋子。屋子的门窗必须抹上厚泥封住，不让一点空气流进去。这以后的第三个星期，打开门和所有的窗户，放入光线和新鲜空气。继而等这一牛尸又有生命朕兆出现时，再像以前那样把窗户和门封闭起来。十一天之后，将屋子再度打开，人们就可以看到整间屋子里到处都悬挂着黄蜂，而牛，只剩下角、骨和毛，其他什么也没有。噢，这想象中的黄蜂，圣宴上的第二道菜，它们令我们的村庄速朽、毫无生机。每一个水域、每一块泥巴中都有亡魂，那碎了的生命无处不在，谁能够把它们一一拿出来，像聂鲁达从万物中拿出黎明的言语，组合成一句忠诚的叮咛？当几百个村民在公安同志的率领下，撕开所有的水，捏碎所有的泥巴，收集起来的尸块也只能遗憾地组合成两个一男一女的死人，开裂的死人，而且死去的男人，身上还差着一个生命攸关的物件：阳具。是谁拿走了他的阳具？这个问题在案件侦破后一个月才弄清楚，这不妨留到后面去说。现在需要说的是：这是一个非常容易侦破的案子，经过简单的尸体确认，两具尸体很快地就找到了亲戚。男性死者张福根，四十岁，本村人氏，马车夫；女性死者朱美丽，二十三岁，邻村人氏，采石厂过磅员。据调查，两人关系暧昧，朱美丽，每晚都到张福根家过夜。公安同志在掌握了大量证据之后，对张福根家进行了突击性搜查，进屋后，公安同志发现，他们仿佛走进了一个美轮美奂的刺绣天堂。张福根家的窗帘、桌布、被褥、洗脸帕，凡一切布制品上面，全都绣有精美的图案，绣工之精细，令人叹为观止。堂屋中的布饰，简洁素雅；卧室中的被褥枕巾床单之类，红、粉、绿，浓墨重彩，热烈奔放，鸳鸯戏水、喜鹊登枝等图案，似乎还较平素农家的图案有了极大的改进，羞涩的气息没有了，代之的是一种更直接、更明了的构图方式，而且图案中多多少少传达出了一种更强烈的欲望。公安同志把被褥拿到阳光下，把床单拿到阳光下，把枕巾枕头拿到阳光下，我们的村庄立即变得艳丽起来、热情起来，在这些东西的照拂下，我们的村庄多么的美好，多么的让人心动。但公安同志并没有在这些东西上找到他们需要的证据，相反，在把这些东西从阳光下撤走，准备重新放回床上去的时候，一个公安同志在木床上，那些雕刻出来的花瓣以及木纹中发现了多处血迹，经过化验，这些血迹有的是张福根之妻、刺绣名家之女袁丽之经血，而有的正是张福根之血。与此同时，犯罪嫌疑人袁丽几乎没接受任何尖锐的审讯，就坦然地承认了自己的罪行。她说，这两个人该死，必须死。问到原因，她说，从张福根带朱美丽回家过夜的第一天起，她几乎天天夜不能寐。说起杀人的经过，这个有着与乡下女人不相称的一张白脸、一个细腰的女人，甚至说得眉飞色舞。她说，那天晚上，她特意做了一顿丰盛的晚饭，买了一瓶酒，还为朱美丽买了一瓶饮料，很动情地叫了朱美丽声"大妹子"。晚饭后，又为两人烧了洗脚水，递上了一张崭新的擦脚布，并劝两人早早地上楼睡了。之后，她才把卧室中的被褥全换成了新的，把院子里的狗关进了猪厩，把鸡鸭全赶到了后院中。最后，把准备好的铁锤藏到了枕头下。一切准备就绪，上楼摇醒张福根，说有事，张福根就跟着下楼来。说到此处，袁丽甚至笑了起来。她说，她与张福根就上了床，一番云雨之后，待张福根熟睡过去，拿出铁锤，只几下，就打死了，然后再提锤上楼，只几下，又把朱美丽打死了。最后是在院子里分尸，说到此处，袁丽特别强调，她足足干了四个小时，累得一身大汗。而把尸体抛埋完毕，天都快亮了。天快亮了，可我们的村庄，仍旧万籁俱寂，像一座地狱。张福根和朱美丽的尸体火化那天，在通往火葬场的途中，据一些送葬人讲，张福根的弟弟请大家吃饭，其中有一盘菜是油炸蜂蛹，那曾经来过的想象中的黄蜂因此再次来临，停歇在了送葬人的心里。但在之前，在与袁丽的对话中，公安同志始终没有找到关于张福根阳具的去向，袁丽一口咬定，阳具塞在了朱美丽的嘴巴里。碎尸案后，我们的村庄因不可思议的大丰收再次变成欢乐的海洋，为了修缮粮仓，种粮大户李云喜来到了我们的池塘边，在砍伐杨树的过程中，他发现了张福根的阳具，被一根铁丝系着，吊在树枝中间，已经被太阳晒干了，黑黑的、细细的、很丑陋，而且密密麻麻地插满了绣花针。在树枝之间，因为它微小，在我们的池塘中，谁也找不到它疼痛的倒影。

梦　奸

　　梦奸犯郑锡龙被打死在村后山下的那年，我还没有出世。因此，这个案件的讲述者，就案件本身而言，并不是我，而是我的一个叔叔。我的这个叔叔，年轻时也不是什么好人，不客气地说，他跟郑锡龙是一路货色。他们曾经整天待在一起，在村庄旁边的官道上，以调戏良家妇女为乐。而且，在很多方面，我这叔叔远远比郑锡龙还坏，郑锡龙是那种只说不动的人，而我的叔叔则说得少做得多，特别是在对付女人方面，未得手之前，他真诚、腼腆，单纯得像一枚青杏子，可一旦得手之后，他老练、世故、凶相毕露，纯粹是一头披着羊皮的狼。我们的村庄里有一则警训，大意是这样的：真正的狼，常常对羊子们说，羊啊，你们要提防，天底下到处都是狼。这警训仿佛是专门为我的叔叔而设计，在对待羊子上，他最善于玩这一手。但村里人同样有句咒语：久走夜路，必遭鬼打。1949年端午节前后，叔叔夜夜蹲在小寡妇张雪蓉的屋檐下，通宵达旦地等待着小寡妇的木门为他打开。就这样大约坚守了六天时间，在一个雨夜，小寡妇终于打开了木门。小寡妇为叔叔宽衣解带，极尽风情，很快地两人就上了床，可当叔叔的那物件坚挺地往下插去，却仿佛插入了一个烈焰熊熊的小陷阱。突然来临的剧痛，无法清理的袭击者，令我的叔叔欲死不能，双手护了那物件，滚下床来，弯着腰，满头大汗地消失在夜色之中。当我的叔叔在一块菜地边坐下来，忍着剧痛，清理掉物件上已经开始冷却的粘连物，他感觉到他那物件上已长满了豆粒大的水泡，而且他听见了从小寡妇屋中传来的一阵连绵不绝的大笑。事后，我的叔叔才知道，在小寡妇的床上，他的物件插进了一个预先烧得滚烫的糖包子里了。每年端午节，我们的村庄家家户户都要蒸包子，使用的夹馅，全用红糖与玫瑰花捣弄而成，再加些猪油进去，无论包子放多久，火上一烤，夹馅都会熔化，取开面粉壳，其诱人的色泽，诱人的味道，令人垂涎。我的叔叔因此病了很长一段时间。病好后，梦奸犯郑锡龙、弹琴人杨云修、屠夫曹冲等人来叫他，他都一概回绝。他说，自那以后，他已经完蛋了。是的，他真的完蛋了，但每每有人问起我的叔叔为何打单身的原因，我们家族中的人总是说：不知道。我的叔叔说，1951 年，我们的村庄解放了，地主王云福被拖到山下枪毙了，几个儿子则带着家眷逃走了，独独剩下到城里上过学的女儿王小丽。王小丽是村庄里最美的女人，又见过世面，走路的姿势，说话的声音，迷死了村庄里的年轻人。可村庄在解放之前，谁也不敢对她有非分之想，解放了，农民翻身做主人，又谁都想娶她做老婆。有一天，梦奸犯郑锡龙来到我的叔叔家，对我叔叔说，昨天晚上，他把王小丽干了。当时叔叔没说什么，只苦笑了一下。可接下来，村庄里的人都在说，郑锡龙把王小丽干了，在纷纭传说之间，还加了许多猥亵的细节。不知道怎么这事传到了王小丽的耳朵中，王小丽就爬到村庄后面的山上，在一棵树上，上吊死了。我的叔叔说，那天他上山砍柴，看见树上吊着一个死人，但他没想到是王小丽，就跑回村庄，向土改工作队队长赵大安汇报。赵大安迅速带人上了山，叫一个人在树底下抱着王小丽，他则站在山的斜坡上，一刀砍向绳子。绳子断了，死人王小丽积压在胸腔里的气息，像泄洪时的洪水，猛然地冲开喉咙，发出一声巨响，全部的气息都喷在了抱着她的那人脸上。死人嘴里的巨响，把抱王小丽的那人吓得魂飞魄散，脚下一软，抱着王小丽就滚下了山。并且，待那人与王小丽的滚动停止，王小丽正好伏在那人的胸腔上，长长的舌头垂落在那人的脸上。我的叔叔说，那抱王小丽的人，后来就疯了。王小丽的死，土改工作队队长赵大安的态度是，尽管王小丽是地主的狗崽子，但她手上没有染上人民的鲜血，她也是一条命，人命关天，所以必须彻底地查清楚，把凶手挖出来。就这样，郑锡龙被抓了起来，但在整个侦破过程中，始终没有找到郑锡龙致死王小丽的半点证据。赵大安只好问郑锡龙："你是怎样把王小丽干了的？"郑锡龙回答："在梦中，我是在梦中把她干了。"枪毙郑锡龙的那天，我的叔叔还在围观的村民中，借村民的拥挤，往小寡妇张雪蓉的屁股上狠狠地打了一拳。可随着一声枪响，梦奸犯郑锡龙的目光，在倒下的一瞬，依然死死地盯着我的叔叔，我叔叔再往张雪蓉屁股上打拳头的计划落空了。今天，我那已经七十多岁的叔叔，每当想起梦奸犯郑锡龙那最后的目光，依然会情不自禁地说："那事情不是我说出去的，不是我……"但从我的叔叔前前后后的叙述表情中，我可以明显地察觉到他对王小丽的痴迷，同时也能察觉到他的怨恨，他的歹毒。

乌鸦之死

　　只要乌鸦还叫着，有的人就注定不能活得心安理得。在下面的文字中，我要写的并不是那种黑颜色的鸟，但在这儿，我说的是那一种黑颜色的鸟。它们在村庄的一棵梨树上跳来跳去，仿佛是黑夜留下来的几块碎片。它们总是在那儿叫个不停，唉，这时光的催命鬼，它们又看中了这村庄里的谁呢？它们看中的人，就是我要写的孤儿乌鸦。就在那群黑颜色的鸟急促而又冰冷地叫个不停的时候，孤儿乌鸦正坐在父亲的坟头打瞌睡。这个可怜的孩子，他睡着了，属于他的白天万籁俱寂，甜美的果实正在他的梦中纷纷从空中落下来，噢，那是石榴，红色的皮子开裂了，露出无数汁液充分的小眼睛；噢，那是梨子，多么洁白的肉啊，多么诱人的水啊；噢，那是苹果，那是樱桃，那是桑葚……纷纷扬扬的果实，在少年乌鸦的梦中，可他却什么也抓不住，双手在空中挥舞，累得精疲力竭，仍然两手空空，少年乌鸦急得在自己的梦中号啕大哭。唉，这个可怜的孩子，他睡着了，可属于他的梦境是多么的不平静啊。他坐在父亲的坟头，不，应该说，他坐在自己的家中，一个人，独自做梦。他睡醒的时候，天已经黑了，肚子饿得厉害，就盲目地在村庄里走来走去。少年乌鸦走到梨树下，见四面没人，就爬上树，坐在一根高高的枝条上。梨子已经熟了，甜美的汁液，令少年乌鸦忘记了所有的哀痛，当然，也忘记了生活在树上所必须提防的危险。就在少年乌鸦准备摘食第五个梨子的时候，远处拉二胡的瞎子听见漆黑的夜空中传来了一声树枝折断的巨响，并伴随着一声石头落地的声音。少年乌鸦就这样跟着白天不停地叫鸣的那群黑鸟，从梨树上走了。第二天，乡上的公安同志来验尸，同来的县局法医还打开了少年乌鸦的胸膛，从胃里拿出了一堆新鲜的碎梨。他们一致认定，少年乌鸦死于自由落体式的仓皇下落。一个脸上长满了麻子、凶相毕露的中年公安同志还指了指树上的那根断枝，幽默地说，这根枝条，不能结梨子了。临走的时候，公安同志吩咐村干部，叫人把少年乌鸦找个地方埋了。村干部就叫来了曹冲和李庆，让他俩办这事，记一天的工分。曹冲和李庆，用一个篓筐把少年乌鸦抬到山脚下，见到一个护秋棚，就坐下来抽烟，一边聊天，一边看着脚下的大云江在阳光下平静得死一般的模样。抽完烟，两个人站起身来，突然发现护秋棚里堆满了草绳，这两个绳索爱好者不约而同地想到了处理少年乌鸦的办法，他们当即决定把少年乌鸦用草绳绑了，抛入大云江。这样既可解除两人一段时间以来对绳索的饥渴，还可以把一件埋葬死人的活计，干得充满了快乐。可是，在关于以什么绳法捆绑少年乌鸦这一问题上，曹冲和李庆发生了小小的争执。曹冲喜欢蝴蝶式，就是把被捆物捆绑成一只蝴蝶的模样，因此主张采用蝴蝶式绳法；李庆热爱灯笼法，这个更夫的后裔觉得，先在被捆物的外部绑织一个口袋形，既密实又可靠，然后再在"口袋"的外面饰以流苏般的绳头，像灯笼的光芒，实在是美轮美奂，因此建议采用灯笼法。两人争执不下，各不相让，最后就以划拳的方式决定，结果曹冲胜出。两人坐在护秋棚的外面，手中绳索翻飞，那操纵绳索的技艺简直已达到了令人叹为观止的地步，不一会儿，就把少年乌鸦弄成了一只巨大的蝴蝶，那张开的翅膀上，甚至可以听出花朵开放的声音。曹冲和李庆，看着自己的蝴蝶，谁也不再相信，在绳索的里面躲着少年乌鸦的尸体。如此美丽炫目的蝴蝶，又怎么能与尸体联系在一起呢？印度人认为，蝴蝶是由江河中五颜六色的石头变成的，可如此美丽的蝴蝶，又怎么能重新投入大云江呢？蝴蝶的主要任务是繁殖和传授花粉，曹冲和李庆的蝴蝶，却再不能做这些事了。蝴蝶半圆形的复眼只适应明亮的阳光，一旦遇上阴暗或寒冷的天气，就将失去辨认能力，并且在阴暗或寒冷之中，它们短暂的生命就该结束了。曹冲和李庆端详着自己的蝴蝶，虽然他们一点也不想马上将其抛入阴暗寒冷的大云江，可最后，两人还是不得不在蝴蝶的腹部，绑上一块大石头，非常惋惜地将其抛入了大云江。可怜的孩子，少年乌鸦像一只蝴蝶一样，沉重地飞了下去。事毕，曹冲和李庆重新回到护秋棚边，坐下来，一边抽烟，一边聊天。曹冲说，比绑他爹还绑得结实。李庆说，绑他爹的时候，可没用过这么多的绳子。两人你一言我一语，很快就沉浸在了痛快淋漓的回忆之中，他们的回忆，全部以少年乌鸦的父亲为主线来展开，而少年乌鸦只是他们回忆之中的笑料。在整个护秋棚中展开的回忆比赛进程中，"绳子"，是一个提得最多的词。躺在大云江江底的少年乌鸦，那时候，真的睡着了，他胃里的梨子也被人拿走了，他满身的绳子深深地嵌进了他少年的肉中，成了他肉体的一部分。如果大云江能够把他重新推到江面上来，他应当记得护秋棚里的这两个绳索爱好者。是的，就是他们俩，一个叫曹冲，一个叫李庆，他们曾经有两年左右的时间，隔三岔五地冲到家里来，手上拿着绳子，不由分说地把父亲带走，带到阳光下去，把父亲的头压弯，把绳子嵌进父亲的肉里，命令父亲交代罪行。少年乌鸦不知道什么是"反动学术权威"，但少年乌鸦知道，这个词条足以让母亲的面孔狰狞，足以让他和父亲远离热热闹闹的都市。护秋棚里，曹冲和李庆的回忆渐渐地转向细节的描述，而大云江江底的少年乌鸦，在穿过一段平坦的河床后，被一股暗流冲到了一个水寒刺骨的地穴中，再也不能继续漂流。曹冲说，那天的人真多，小寡妇张雪蓉还对我笑呢。李庆说，唉，那一天，我们真应该少用点力，没想，这家伙就这么死了。曹冲说，唉，是该少用点力。李应说，他一死，咱哥俩就得像别人一样下地劳动了。曹冲：唉！李庆：唉！少年乌鸦的父亲死在批斗会上的时候，少年乌鸦正在山头上放羊。黄昏时分，他把羊群赶回村庄，父亲的身体中，已经找不出一点热气，孤零零地睡在家门口，眼睛死死地闭着，嘴巴死死地闭着，一副什么也不想看了什么也不想说了的模样。村庄里很静，只有拉二胡的瞎子，把二胡曲拉得像乌鸦在飞。在乌鸦的飞行声中，少年乌鸦并没有像人们想象的那样无休止地痛哭，也没有手足无措，仿佛这一切早在他的意料之中，无非是来得快了一点。他含着泪，洗干净了父亲伤痕累累的身体，为父亲换了套干净的衣服，然后就来到了一个村干部的家门口。少年乌鸦在这个村干部的家门口整整跪了一夜，他希望有一小块地能够安葬父亲，这个村干部在屋子里抽了一夜的烟，可最终他还是不敢满足少年乌鸦小小的愿望。这个可怜的孩子，少年乌鸦在旭日东升、整个村庄被照得金光闪闪的时候，在村干部的家门口站了起来，拍干净身上的灰尘，匆匆忙忙地回了家。很显然，少年乌鸦已经找到埋葬父亲的地方了。接下来的一个整天，他一直一声不吭地往返于家和大山之间，他在搬运石头。晚上，少年乌鸦的家里，灯光亮了一夜，劳作的声音响了一夜，他用石头把家从中隔成了两半。以前的窗子、门，全被一分为二，少年乌鸦把父亲埋在了家里，以前的家，被石墙隔开了，一半是父亲的，一半是少年乌鸦的。石墙不高，还留了一个洞，少年乌鸦可以从洞口爬到父亲的家里，到了晚上，一盏油灯，放在墙上，两个家都有光明。当然，诸如此类的细节，只有大云江江底地穴中的少年乌鸦才能说清楚。护秋棚里的曹冲和李庆，在连连附和了一阵唉唉唉之后，每人偷了几根草绳，藏在腰部，站起身来，看了几眼大云江，并把抬少年乌鸦用的篓筐一脚踢到了江里，就各回各的家了。乡下的日子，有时候，也过得很快，拉二胡的瞎子几乎还没把自己熟悉的曲子一一重拉一遍，乡上的公安同志和县局里的法医又来到了村庄里，因为小寡妇张雪蓉在一个月光如水的晚上，偷偷下大云江洗澡，她选择的地方是一个江湾子，没洗完，就碰到了一具被水泡胀了的尸体。这具尸体让县局法医感到很意外，意外的不是他的解剖刀难以下手，而是这具尸体上已经有了解剖刀的刀缝，而且下刀的手法、用刀的技巧、缝合时针线的使用和针线脚的安排，都是他所熟悉的。特别是尸体的形状、肉质等等，排除水的作用外，他都感到非常熟悉。直到从尸体的胃中拿出一些细屑进行化验，公安同志们才一致认定，这具尸体就是偷梨摔死的少年乌鸦，因为那些细屑是一些腐败了的梨。为这事，曹冲和李庆，被扣除了一个月的工分，这两个绳索爱好者，也因此在以后的岁月中，对如何使用绳子失去了原有的自信，而且对身边这条表面上平静的大江，充满了仇恨。

斧　头

　　曹冲的儿子曹伟业，是一个腼腆的结巴，但这并不影响他成为一个理应千刀万剐的杀人狂。他在 1993 年 5 月 20 日，用一把斧头，一个不漏地毁灭了一个大家庭，而这个大家庭，头一天还在为傻儿子娶亲而大宴宾客，生活中美好的大幕刚为他们开启。可第二天，他们就倒在了尚未清理完毕的杯盘碗盏之间，被死神迅速地带走了。是什么原因导致曹伟业如此的凶残？许多人一定会落入这样一个生活的圈套：这个大家庭中的傻儿子娶走了曹伟业心爱的姑娘。其实不然，在头一天的婚礼大宴上，曹伟业是何等的春风满面，尽管结结巴巴，可他还是像村庄特有的青虫，沉醉在压倒了新郎风头的喜悦之中。他往来穿梭、敬烟敬酒、寒暄问候、与女傧相打情骂俏，甚至公开捉弄新娘，双手极不老实。曹伟业是婚礼上的伴郎，他之所以被选为伴郎，倒不是因为他如何的出众，而是顺乎村庄的规矩，因为他是傻子的姐夫，仅此而已。不过，话又得说回来，从土地的角度或从村庄传统的度人标准来看，曹伟业也不失为一个优秀的庄稼汉。他犁田耙地、耕种栽插，样样都是好手，最难得的是，他始终把自己固定在土地上，没有染上那些进城打工仔诸如吃喝嫖赌游手好闲的任何坏德行，确切点说，曹伟业是一个老实人。这也使我们对其在婚礼上的表现产生了怀疑，这是曹伟业吗？显然不是，这是一只青虫，它的任务就是，在同伴的婚礼上，把足够的喜悦带给同伴，然后再一一地把同伴咬死，它完成这一任务的力量是原始的，猝然发生的，是一种天性的自然流露。当然，它也可能是遭到过秘密的伤害的报仇者，它有它自认为不可承受的耻辱需要以另一种方式来卸下。曹伟业就是这样的一只青虫。在婚礼上醋畅淋漓地痛饮的时候，他的生殖器正在流脓，令他无法启齿并彻底击垮了他的一种病症，也就是现在都市中被一些人叫作"小淋病"的病症，正躲在他的身体中。为了弄走这一病症，他已经倾家荡产，可小县城里的那个专科诊所，吞下了他的一头牛、两头猪、五只羊子和上千斤的粮食之后，仍然告诉他：一切得慢慢地来，病来如山倒，病去如抽丝。曹伟业对这种被一些人称为"小淋病"的病症是缺少认识的，在他脸朝红土背朝天的刻板的时光之中，他根本没想到这种病症会找上他，开始发作的时候，他还以为是患了感冒。也正是因为如此，在村庄里几个打工仔，带着这种病回到村庄，并普遍遭到白眼的时候，他没有像其他人家那样，不给这几个打工仔让座，不给这几个打工仔进家门，相反，他总是拍着这几个打工仔的肩头，叫他们兄弟。还跟这几个打工仔同桌吃饭，一个大碗盛水喝。如果在此，有人认为曹伟业的病症就是这几个打工仔所传染上的，那就等于说，人们对那种前往医院医治这种病症，对医生号称他们是在浴池或饭局之间染上的那一派胡言持相信的态度了？医生在对待这类特殊病人上，我想，是最具人道主义精神的，他们拒绝戳穿谎言，或说，对待这种小把戏，他们已经不想再多说一句话。你说是浴池染上的，就算是浴池染上的吧，你说是在饭局之间染上的，就算是在饭局之间染上的吧。如果哪一个医生为此与患者产生争议，这个医生就肯定有问题，如果这个医生是自己开诊所，我敢肯定，他的生意一定会很清淡，最多只会偶尔碰上一个像曹伟业这样的患者，偷偷摸摸地来，东张西望地走掉，然后又偷偷摸摸地来，结结巴巴，但信誓旦旦，只要能医好，他愿意如何如何。曹伟业遇上的医生，可能就是这一类医生，这医生对曹伟业所从事的性活动所表现出来的浓厚兴趣，简直令曹伟业不知从哪儿说起。他甚至问到了曹伟业的第一次性交。前面说过，由于曹伟业对身体中的病症缺乏认识，只好一一道来。曹伟业在某些叙述的关头，甚至被医生逗乐了，忘了自己病人的身份。比如说，曹伟业说到第一次性交，讲的是八岁时候的事，说这事时，曹伟业有些腼腆，但经不住医生的怂恿。曹伟业说，那年，他与邻居家的一个小女孩，在一个娶亲游戏中扮演新郎新娘，洞房选在一块飞满了蜜蜂的油菜地里。可进了洞房，经不住其他小伙伴的怂恿，两个人就脱光了衣服，在小伙伴的监督下，干那事。可小女孩哭了。后来医生又问到了诸如新婚之夜怎么干的这一类问题，曹伟业全讲了，可讲到最后，医生发现，曹伟业所有的性活动，涉及的都只是一个女人。也就是说，曹伟业八岁时弄哭的那个小女孩，就是后来曹伟业的妻子，也就是我开头说的那个大家庭中，傻子新郎的姐姐。事已至此，我想，也该简要介绍一下曹伟业妻子的情况了，这个八岁时被曹伟业弄哭过的小女孩长大成人后，成了我们村庄里的头号美女，但被曹伟业弄哭过这一经历始终像阴影一样罩着她，因为人们每每谈到她，都会说，她被曹伟业弄过了。一段时间，村里的一个小学老师，一个异乡人，曾对她一往情深，她也对这个戴眼镜的小男人怀着一份乡下女孩特有的梦想。可后来，这个小男人突然再不理她，她就明白，一切都因为曹伟业，并因此对曹伟业恨之入骨。但不管怎么说，劳动能手曹伟业最终还是成了她的丈夫。结婚头几年，两人相亲相爱，日子过得很平静，也很幸福。可自从有一次进城卖鸡蛋，遇上了那个已经辞职做生意的小学老师，一切就变了。这个天性本不安分的女人，说服了曹伟业，进城做起了把这个乡的土特产运到另一个乡贩卖的小本生意，并在某一天回家的时候，以一种足以颠倒众生的愉悦方式，把一些人称为"小淋病"的病症，在冥冥中，作为对她八岁时被曹伟业弄哭过的报复武器，静悄悄地埋在了曹伟业的身体里。可以肯定的是，这是有预谋的，是一个陷阱，因为自那之后，这个女人就在曹伟业的世界中彻底消失了。她的傻子弟弟娶亲的那天，她也没回来，在此之前，她的父亲赶到县城，她租用的民房，住着的已是一个四川女子，那女子裸着身体来开门，吓得她的父亲抱头鼠窜。傻子娶亲的那天，青虫曹伟业很晚才回到家，回到他已经徒有四壁的空荡荡的家。他没有例行医生的吩咐，用高锰酸钾清洗他肮脏的下身，而是在磨刀石上，把砍柴用的斧头磨了又磨，直到他满意为止，才倒在床上，一个噩梦接一个噩梦地睡到第二天中午。然后胡乱地弄了些东西填了下肚子，就提着斧头来到了傻子家。第一个被他碰上的，是他的老丈人，老丈人正在院子里一脸满足的神色，一边抽烟，一边编织着竹篓，抬头见曹传业，笑容才展开，头颅就掉了下来；第二个斧下鬼，是新娘子，新娘子正在扫地；第三个是曹伟业的小姨妹，傻子的妹妹，十八岁，像她姐姐一样令人销魂，她正在侧屋里绣花；第四个是傻子新郎，他正在新房里的色彩鲜艳的被褥中呼呼大睡；最后遇上的就是曹伟业的丈母娘了，这个以能干闻名全村，并以慈爱深受人们爱戴的老人，正背着一个大云江边捡来的男婴，在厨房里准备中饭，曹伟业一斧头下去，这个老人往后一倒，自己死了，也压死了背上的男婴。接下来，曹伟业意犹未尽，还把这个大家庭中的三头猪一一砍死，并且在走出家门后，又返回来，把一根长长的木棍，插进了丈母娘的阴道。这是一个惊动四方的大案，来了无数的公安同志，但侦破此案根本就没用上什么力气，逃进深山的淋病患者曹伟业，第二天就回来了，在父亲曹冲的引导下，主动投案自首。问他为什么要将一根长长的木棍插到丈母娘的阴道中，这个劳动能手、老实人、淋病患者、杀人狂，非常平静但又结结巴巴地说：因为那地方生出来的人，没一个是好东西。

意　外

　　在村庄里低价收购花椒，然后运到县城里去，高价卖给饭店，做这种生意，使刘海发家渐渐地成了村庄里的首富。当刘海发把电视机抬回家来，开始的时候，几乎全村庄的人都去他们家看过"小电影"，可渐渐地，没人去了。究其原因，倒不是刘海发的家人给村里人白眼看，恰恰相反，每天晚上刘海发家还热情地招待每一个人一点小零食，实际是那电视效果实在是太差了。我们的村庄虽说是建在一片红颜色的山地上，四面也没什么高耸入云的山峰，但这片红颜色的山地的每一个方向的尽头，凭肉眼都可以清晰地看到连绵不断的群山。乡政府的所在地是大云江的一个冲积扇，建乡政府时主要贪图的是大云江的航运，可后来，由于大云江的下游修公路，炸山取石，更多的石头滚到江中，就把航道堵塞了，这也就是我们村庄里有许多年老的水手和纤夫，但许多年来已经没有跑江了的主要原因。乡政府在的地方，一箭之内，除了下临大云江稍显辽阔外，其余几面都是刀削斧砍式的悬崖绝壁。上面刚提倡脱贫致富奔小康的时候，乡政府为了证明自己所辖地方的殷实，先是动员了几家有人在外地工作的人家，买回来了几台黑白电视机，接着，就在乡政府背后的一个小丘陵上面，建起了一座电视差转台。县城就在大云江河谷的下游，那面传来的电视信号，接收没问题，可差转台再发出信号，信号就只能先射在周围的山峰上，然后才能顺着大云江河谷，一直往上，反弹给我们红颜色的山地。山峰上传来的信号，出现在刘海发家的电视机里，不是石头，就是荒草。石头和荒草与电视里的故事，一起开始，一起结束，弄得去刘海发家看电视的人们都很扫兴，而刘海发一家则仿佛办了错事一样，每晚都得向村庄里的人们道歉。不过，道歉归道歉，刘海发一家，在平素的生活中，还是处处表现出高人一等的姿态。刘海发递烟给人抽，总要加一句："这可是几角钱一支的啊。"刘海发的老婆，每次遇到有人手头紧，向她借块把钱，她总是说："别还了。"仿佛向她借钱是在乞讨。刘海发的子女们，更是在村庄里目中无人、我行我素。这些都令两个从省城打工回来，一分钱也没带回，只换了一身城里人行头的坏小子看不惯。这两个坏小子，一个叫陈龙，另一个叫马庆，据说在城里打工时，干的就是从东县偷自行车然后再运到西县去卖的营生。两个身上都有着刀疤，马庆的左手甚至还整整齐齐地缺了四个指头，只有大拇指健在。他们回村来，言必打，言必杀，言到兴致处，就掀开衣服让人看刀疤。但两人终究不是什么头顶生疮脚底流脓的坏种，做事还是坚持着兔子不吃窝边草，老鹰不打篱下鸡的村训，因此也没干出什么出格的事来，无非就是做些混酒赖账之类的事。可村庄里有个刘海发，老让他们觉得不舒服。有一天，马庆找到陈龙，说咱哥俩在村庄上混没意思，不如再出去，但这车费钱没着落。陈龙的家里，父亲是个走乡串寨的木匠，家境相对殷实些，车费没问题。马庆则不同，母亲早死，就父亲一个人拉扯着兄妹五人，过得不容易。既然这里提到马庆母亲的死，不妨提提。马庆十岁那年，母亲到山边去拾柴火，当时县武装部部长刘登云来乡政府检查民兵工作，听完汇报，做了总结，闲着没事，就提了支步枪，来马庆母亲拾柴火的那座山上打岩羊，结果打掉下来的岩羊，正好落在马庆母亲的身上。马庆的母亲当时就被砸得断了气，这事在马庆十岁的那年曾闹得沸沸扬扬，直到县武装部部长被撤职，乡政府给了马庆家一笔丧葬费才算了结。死了女主人的家，日子过得很凄寒，富家出孽种，没想到，马家如此境况，后来也出了马庆这孽种，上云南，下四川，经常不在家。又说那天马庆见陈龙似乎没生其他邪念，只好设了个小圈套，让陈龙自己钻。马庆说他要为村庄除害，所获的钱财，看在兄弟面上，不管陈龙干不干，都要分一半给陈龙。陈龙就问要除去谁，马庆说出了刘海发的名字。不想说到刘海发，陈龙也一下子变得豪情万丈。于是，两个坏小子坐在大云江边整整密谋了一个下午，最后做出决定，在刘海发从县城卖花椒回来的路上，一杀了之，抢了钱，远走昆明。两个坏小子先对去县城的路进行了一番精心的勘察，并在一个道路狭窄、下临大云江的地方发现了一个深不可测的山洞，他们觉得这是个好地方，杀了刘海发，可以将其尸体丢在山洞里，人不知鬼不觉。经过摸底，那一天中午，陈龙和马庆来到了埋伏地点，一个人手里提了一把菜刀。可是，按说刘海发应当在中午时分经过那儿，然而，等到太阳偏西，也不见刘海发的半个影子。两个人在草丛中被太阳晒得浑身没劲，尤其陈龙，实在等不下去了，而且对杀人这样的事，越想越胆怯，就打了退堂鼓。马庆也不好说什么，大骂陈龙是孬种，可骂归骂，陈龙还是一个人回了村庄，留马庆一人守在草丛里。太阳落山时分，草丛里的马庆终于等来了醉步连连的刘海发。见刘海发走近了，就像剪径的绿林好汉一样，马庆飞身跃到路中央，手中的菜刀在夕照中闪闪发亮。刘海发见到这阵势，酒醒了一大半，撒开路，往路边的草丛里就是一脚高一脚低地狂奔。谁也想不到，刘海发，这个腰缠万贯的花椒贩子，一脚踩空，竟然掉进了陈龙和马庆密谋抛尸的那个山洞，一分钱也没留给马庆。马庆怀着一种说不确切的心态，有些恐惧、有些失望地回到村庄。陈龙就坐在村口，第一句话就是问马庆，抢到了多少钱，马庆把事情的经过，老老实实地告诉了陈龙。陈龙不相信，认为是马庆想违背当初说过的分一半给他的承诺。村里人喜欢说，知人知面不知心，正如马庆，也和陈龙相处多年，可他根本没发现陈龙不仅是一个胆小鬼，而且是个小人。第二天，陈龙就把谋杀刘海发的事讲给了别人听。公安同志下山洞去看，刘海发果然死在山洞里，身上掉出来的钱，撒得一地都是。

临终之夜

　　……孩子，你应该记得三十八年前的那个夏天，雨总是下个不停，大云江的水面上浮满了青蛙。孩子，老辈人都说，青蛙满江，有人遭殃。唉，我没想到，遭殃的人，会是我们一家人。那么多的青蛙，绿色的脊背，绿色的花纹，它们在大云江上，拥挤着，嘶叫着，往下游流淌。大云江的水呢？大云江的水怎么一滴也看不见？大云江呢？大云江怎么全是扁扁的脑袋？孩子，你应该记得，为了让这些青蛙不要爬上岸来，村庄里的人，全都去了江边，就连学校也放假了，当时你才七岁，也和我们一样，手里拿一块小木板，见青蛙跳上来，就将木板打下去。孩子，当时你就在我的身边，看见那么多的青蛙，你吓得浑身颤抖，青蛙跳上来，你不敢打，还是我帮你打的呢。孩子，那些天，我好累呀，脚边打死的青蛙堆得草垛那么高，打青蛙的木板上青蛙的肉末越积越厚，木板也越来越重。我的双手全红肿了，腰像断了似的，可青蛙还在一只接一只地往岸上跳，我的耳孔、眼角、脸的全部、衣裤的皱纹中，全堆满了青蛙体内的液汁，到后来，我的身体外面结了一层壳，而且这壳越来越厚，青蛙跳上来，打一下，壳碴子掉下一些去，可又溅上一些来。孩子，你开始不敢打，后来你却比我打得多，你的脸，被青蛙的肉末遮住了，我甚至认不出你就是我的儿子。你打得多有力啊，孩子，一木板下去，啪的一声，一只或者几只青蛙，就成肉饼了。噢，孩子，那时候，我为拥有你这样的儿子而感到骄傲。听着你木板下青蛙的肉碎声、骨头的碎裂声，孩子，我就像听着你入睡时的呼吸声一样幸福，你小身体里藏着的那个有力的男子汉已经呼之欲出了，孩子。后来，你也累了，我多想把你搂在怀中，让你睡睡，可青蛙还在一只接一只地跳上岸来，疯狂地扑向我们的村庄，我们只能拼命地打啊，一刻也不能停下。可它们实在是太多了，村长想出了一个办法，砍来柴火，抱来稻草，在大江边燃起了一堵高高的火墙。它们还是继续往上跳，它们被烧焦的气味，开始的时候，是多么的诱人啊，可渐渐地，变得令人恶心，整条大云江边全是呕吐的人。孩子，那时候，我多想带着你，悄悄地逃走，可那怎么行呢？火墙没燃多久，孩子，大雨就来了，唉，那该死的大雨，它洗干净了我们浑身的青蛙皮、青蛙眼、青蛙肠、青蛙液汁、青蛙脚……也浇灭了火墙，青蛙又开始发疯地跳上来，全村的人手中的木板，大多已经打断了，人们就用手捏，用脚踩，用嘴咬，用身体滚压，可是，孩子，我们最终还是失败了，青蛙占领了我们的村庄。我们的村庄，每户人家里，墙上，树上，菜地里，每一个角落都是青蛙。那段日子，青蛙的天敌，那些黑色的蝙蝠，每晚都飞来，层层叠叠地在村庄里飞翔，填满肚子后，又层层叠叠地飞走，它们的振翅声、嚼食声，使整个村庄血雨腥风。孩子，当时，每家人都足不出户，守在火塘边，看着青蛙在屋子里密密麻麻地跳跃。拉二胡的瞎子，他开始的时候把二胡拉得很动听，可后来人们发现，青蛙更多了，他住的草棚，更是被青蛙山一样地堆积，挤塌了，他侥幸不死，却再也不敢拉二胡。孩子，你听着，就是在那段日子，你的父亲，却天天踩着青蛙的脊背出门去，然后又很晚地踩着青蛙的脊背回家来，而且每天在家的时候，总像青蛙见到蝙蝠一样沉默。孩子，你的父亲，每晚回来，周身都是青蛙的眼、青蛙的肠、青蛙的心脏，开初我一直以为他出去，是去帮助拉二胡的瞎子重建草棚，可孩子，我错了，你的父亲，他每天出去，是跟小寡妇张雪蓉约会。后来据村里人讲，他们在大云江的江岸上，因联合击打青蛙而动了情。你的父亲像雄蛙求偶一样，在打击青蛙的过程中，嘴巴里总是发出雄壮的高声叫鸣，而小寡妇在他的身边，也总像雌蛙一样地附和着，低低地叫。孩子，那时候，我是多么的爱你的父亲，他的眼、他的嘴、他的脊梁、他的手、他的脚、他的胸膛，处处都充满了力量和魅力。可那段日子，他总是天天出门，回来后又沉默不语，问他，他也不说话。有一天，他刚出门不久，孩子，我就踩着青蛙，远远地跟着他，结果，在大云江边的一棵梨树下，就看见了小寡妇张雪蓉，看见他们在青蛙堆里，疯了似的扭在一起，青蛙叫着，他们也叫着……孩子，看到这些，我的血冷了，一下子就倒在了青蛙堆里，青蛙爬满了我的全身，青蛙的叫声我听不见了，他们的叫声我也听不见了。孩子，过了很久，我醒过来，你的父亲和小寡妇还在叫着，被他们滚压的青蛙也还在叫着。孩子，当时，我没去打搅他们，踩着青蛙又回了家。孩子，你应该记得，那天我回家的时候，你一个人坐在火塘坑上，周围全是青蛙，你蜷曲着身子，属于你的地盘正越来越少。孩子，你应该记得，我扑到坑上，抱着你，哭了很久。孩子，你应该记得，后来我不哭了，跟你说，我要去帮瞎子伯伯盖房子，拿着一把锄头，踩着青蛙又走了。孩子，其实，那天，我又来到了大云江边的那棵梨树下，当时，小寡妇张雪蓉已经不在了，就剩下你的父亲，坐在青蛙堆里，看着大云江，不停地抽烟。孩子，你的父亲，我走到他的身边，他也没发觉，我就在他的头上打了一锄头，然后把他的裤带解开，一锄头挖下了他的那东西，转身就走了。孩子，那一晚的青蛙叫得好响，天亮的时候，大雨就来了，接连下了三天。孩子，你应该记得，三天后，太阳出来了，村庄里的青蛙，除了留下的尸骨外，竟然走得一只不剩，大云江的水面上金光闪闪。村庄里的人们燃起了鞭炮，敲锣打鼓，一派喜气洋洋的气氛。人们发现你的父亲的尸体，孩子，你的父亲的身体里还藏着几十只青蛙。不过，孩子，那几十只青蛙的颜色是黑的，个头很小。孩子，这种蛙是一种毒蛙，老辈人常取其身上的毒物涂在箭头上射杀豹子或狼，因此叫毒箭蛙。公安同志来破案，孩子，他们把我叫去，要我老实交代，可是，孩子，我知道三天的大雨以及青蛙的破坏，他们已经找不到半点证据，就抵死不认。孩子，你知道吗？他们都说，你的父亲一定是我杀的，但最终他们还是把我放了。最让他们苦恼的是，你父亲的那东西，他们找了一个下午也没能找到。其实，孩子，你应该记得，那天我回到家，天已经黑了，堂屋里的青蛙叫得令人心烦，我不是煮了一点东西让它们吃吗，那就是你父亲的那东西。孩子，这事，我在心里，藏了整整三十八年，本想今夜，就把它带到阴间去。可三十八年时间，我心中的青蛙，早已被蝙蝠吃光了，其实，你的父亲，那并不是他应得的下场。现在，我之所以讲给你听，是想让你知道，杀死你父亲的人，就是我，你的母亲。噢，孩子，那么多的青蛙，你看，它们来了，跳上岸来了……

自由落体

讲了几个有关情杀的案件，可至今还没讲过一个狼狈为奸清除合法人的案件。这倒不是我有意识地回避某些俗套的故事模式，实在是奸夫与淫妇相勾结杀死武大郎这样的事情，在我们村庄里本来就凤毛麟角。一个男人看上别人的妻子或一个女子看上别人的丈夫，然后下决心，不惜一切也要与之百年好合，这在乡村的情爱观念中，几乎是不会发生的。生活所给予苦寒人的选择权少而又少，都是苦寒人，与谁在一块儿过日子，并不是主要的，主要的是如何才能把日子过下去。从一排排满脸萧条的男人中，你能挑出谁来，说谁比谁好？从一排排残花败柳般的女子中，你又能把谁当成女神？再说，在循环往复的二十四节气的催促下，谁又有时间去慢慢挑选？谁又有本钱眼花缭乱？所以，我现在要讲的这个在人们看来是非常普通的案件，从我们的村庄的角度来看，是十分特殊的。案件发生在土地下放之前，也就是说已经过去了二十年左右。我们村庄，当时叫生产队，生产队的队长名叫徐化才，一个病夫，却掌管着许多权力，并用这权力为许多身强力壮的男人戴上了绿帽子。比如在安排活计的时候，他可以让某某去干挑大粪一类的脏活苦活，他也可以让某某去干选粮种一类的轻巧活。干轻巧活的大多是女子，一个人或两个人，坐在生产队的保管室里，一边打呵欠，一边选粮种，日头晒不了，大雨淋不着，中途还可以回家干点私事，谁都想做这类话计。徐化才是队长，队长可以不干活，有时候，就一个人窜进保管室，人不知，鬼不觉，就把有的女子制伏了。制伏了的女子就可以继续干轻巧活，制伏不了的，第二天就下地去了。张云生的女人就是这样，在保管室里，由被动地被制伏，发展到一定要与徐化才生活在一起。徐化才虽说是个病夫，有时也豪情万丈，颠三倒四之间，也忘了这是女奴在向庄园主提要求，胸脯一拍，随手从保管室的角落捡出两瓶农药，说："这一瓶，张云生喝；这一瓶，我那女人喝！"两人在同一天同一夜，都把两瓶农药用了，并都把两具死尸抛入了狮子山上的一个山洞。说起那山洞，这里就需要多一点笔墨。那山洞，被视为我们的神洞，谁也不敢冒犯，它广纳我们红颜色山地上的溪流和雨水，可从未见它流出半滴水来，只要有人往里面抛石块，晴朗的天空马上就会乌云翻滚。却说两人杀了各自的丈夫和妻子，第二天便在村里发谣言，说一男一女失踪，肯定是勾搭上了，私奔了。村庄里的许多人，想想，也就信了。只有张云生的哥哥张云伟不信，他率领浩浩荡荡的张氏家族找遍了每一个丘陵、大云江的每一个河湾、山地上的每一个洞穴，张云生仍然活不见人死不见尸。狮子山的那个山洞，张氏家族不敢冒犯，悬赏人民币五百元，谁下洞就给谁，也没人敢下洞。日子就这样不明不白地过了半年，徐化才觉得一切都平安了，就到张家来提亲，娶那"寡妇"。张云伟嘴巴上应着，心里觉得味道不对，就去乡上找到了公安同志，把心底的话全讲了。弟弟失踪、徐化才妻子失踪以及徐化才提亲，前后一联系，公安同志也觉得这里面似乎藏着点什么。就分别把徐化才及张家"寡妇"

叫来，徐化才虽说是病夫，却牙齿很紧；张家"寡妇"则不同，见了公安同志，心一慌，就全说了。公安同志不相信神灵，下到洞里，果然就发现了一男一女两具尸体，已经风干，分别只有三十市斤左右重量。这是一个坛子形状的山洞，五公尺左右的"坛口"过后，下面就是一个巨大的黑暗的空间，猫头鹰和蝙蝠在自由地飞翔。洞底下，是一块三个篮球场大小的平地，自由落体诸如树叶、石头之类，在其中堆成了山。羊骨、猴骨、牛骨到处都是，捡起，手指一弹，就会发出清越的声音。洞底没有具体的河道，只有半个篮球场大小的一块沙滩，沙很软，脚踩上去，就是一个深深的印子。

守碉人李长根

　　种烟人李庆的祖父李长根，是我们村庄的更夫。可这个老家伙老了，没力气了，提灯笼的手总是抖得很厉害，而且在报更上经常出错，多次误了王云福家的马帮行程。王云福当时刚娶了三姨太，心情不错，就叫李庆的父亲顶替做更夫，而让老更夫去守碉。老更夫是个无所事事的人，守碉后的第一件事，就是收养了两只小猫，他想借此安度余生。男猫，老更夫为其取名"白天"；女猫，老更夫为其取名"晚上"。那是一段适合于猫科动物生长的年月，白天和晚上，在老更夫的目光注视下，很快地就长大了，在老更夫的胸脯上过着相亲相爱的日子。在我们的村庄里，这一座青色的碉房，一直是防范土匪的岗哨，也一直是村里人在土匪进村后，藏粮蓄人并负隅顽抗的堡垒。可随着抗战的硝烟从四川漫过来，昔日的土匪都一一扛枪上了抗日的战场，碉房就失去了往日的意义。老更夫李长根就更加无所事事，春天来了，他就静静地蜷缩在一边，看着两只发情的猫，无休无止地交配，他曾经一度为此而感到困惑，两具小身体内，为什么会藏着如此浩大的欲望？

他甚至怀疑，村边的大云江的潮水，就在两具小身体里潮汐和流淌，村里的梨树花，就在两具小身体里怒放和坐果。这种散淡的漫不经心的怀疑，渐渐地在老更夫的脑袋里变成了事实。他没有理由不相信，两具小身体里，不仅有大云江和梨花，而且有三姨太的呻吟，有山地上偶尔传来的枪声——那些溃散回家的土匪，他们在山地上操练。多么鲜活的两具小身体，它们交配完毕，就躺在阳光下面，男猫在等待下一个春天的来临，女猫则在聆听着体内的奶水涌向乳头。白天啊，晚上啊，老更夫李长根看着阳光下的两具小身体，总有一种止不住的渴望——他想让自己也像白天和晚上一样，可他真的老了，满身皱纹，体内的力量正游丝一样往外溜走。他不可能再像猫一样生活，他庞大的身躯已变成生命的假象。二三年后，守碉人李长根的身边，猫多了起来，这些可爱的畜生，无视亲疏，到了春天，就发疯一样，在碉房里交配，它们歇斯底里地叫鸣，它们像搏斗似的缠绕，它们像胜利者一般躺在阳光下，谁也无力阻止它们。它们仿佛是要以这样的方式点燃或彻底击垮老更夫。在它们的眼中，老更夫是黑暗的、是危险的、是可能的敌人，老更夫随时有可能发出猝然的一击，搅乱现成的秩序，结束它们已经拥有的幸福日子。在时光的递进程序中，作为长者，白天和晚上非常清楚，这一个豢养它们及其子孙的人，他在角落里，可他掌握着它们的一切，他不可能再从身体里拿出一团火来，可他还有着解散这一场盛宴的力量。就像它们，即使是在精疲力竭的时刻，仍可结束任何鼠类的婚礼，并使那新婚的双方在流亡中失散直到死在异乡。但白天和晚上，无法阻住厄运的来临，它们心中的大鹰必然会在某一天倏然来临。可它们一点也没有想到，厄运来临的方式竟然会如此地无力，但又如此地丧心病狂。也就是在又一个冬天行将走掉，白天和晚上的子孙们正酝酿着又一轮身体狂欢的时候，老更夫李长根开始在角落里忙个不停，他将一截圆木锯成无数的小木板，然后在小木板上精雕细刻，使每一块小木板上都有鲜花盛开、蜂蝶缠绵。这个秘密的鲁班圣手，在制作小木板的过程中，满脸充满了温情，仿佛是在为鲜花和蜂蝶的亡灵谱写留在红尘的颂歌。他腐朽的身体中似乎又生发出了一个全新的生命，这个全新的生命需要无数次的创造方能滋育。老更夫的白发在飘荡，老更夫仁慈的无语的吟哦在弥漫……这样的冬天，谁能说冷？李长根雕兰刻木的好手艺，在我们村庄，竟然没有一个人知道，他一个人在碉房里静悄悄地制作了堪称精品的十多块小木板，他儿子的报更声没把他惊醒，也没有让他睡去。春天来了，当第一只女猫发出第一声叫春，守碉人李长根逐一地把每一只女猫都抱到了胸脯上，每一只女猫从他的胸脯上跳下来，都发现自己的屁股上多了一块小木板，小木板上鲜花盛开，蜂蝶飞舞。每一块小木板的上方一律牢固地拴在了尾巴与屁股的交接处，并且留有一点线索的盈余；小木板的下方，则是两根柔软的充余的线，分别拴在两腿上。女猫们在碉房里行走，由于线索充余的缘故，均能发出小木板与屁股和腿拍击的节奏鲜明的啪啪啪的声响。这些女猫，在初春的时候，它们不甘寂寞地走动、跳跃和奔跑，使整个碉房春意盎然，它们甚至觉得，这是老更夫在它们有生以来给予它们的最好的礼物。可渐渐地，随着春意的加重，随着它们小身体里的大云江的进一步泛滥，随着梨花的进一步绚烂，也随着男猫日益富有实质性的引诱和进击的升级，它们开始围躺在老更夫的四周，不动，只有眼睛里充满了乞求，不动，只有身体里的大云江在咆哮。谁能拿走这美轮美奂的小木板，女猫们愿意向他贡献一百只老鼠；谁能拿走这春天的小木板，男猫们甘愿为他去死。可老更夫李长根在春天睡着了，这难得的安静，这衰竭的身体的安静，令他睡着了。在他的梦中，他对男猫们撕咬小木板上的线索的行径置之不理，你的牙齿锋利，你能咬断这坚韧的线索？你身体里的力量浩大，你能穿透这小小的木板？发情的白天和晚上及其儿孙们，在碉房里，身体里的大云江涨水了，身体里的梨花就要开放了，可小小的木板隔断了一切，涨起来的水又一次次退了下去，就要开放的梨花又一次次变成蓓蕾。对老更夫李长根来说，那是一个美妙而又安静的春天，他甚至觉得，从此，他已经找到了对付春天的最好办法，他将永远照此执行下去。但是，被绝望激怒了的白天和晚上及其儿孙们，当它们感到，它们的乞求只会换来老更夫更加漫长的睡眠，它们又开始了它们的走动、跳跃和奔跑，而且做得变本加厉。它们不需要睡眠，它们要把这啪啪啪的响声弄得更响。我们的村庄因此失去了旧有的宁静，那个春天，让许多人想起土匪围攻的往事。可就在这啪啪啪的响声中，在一个和风习习的晚上，王云福年轻的三姨太因无法入睡而走进了碉房，并且再也没有走出来。两天后，人们走进碉房，碉房里的景象是这样的：老更夫躺在一个角落里，身体已经腐烂，他的脸上、手中，凡能露出肉的地方，都有被抓裂的痕迹，浑身都是猫屎。而三姨太，她的眼孔大张着，里面有恐惧，也有哀怨，她也死了，是从碉房的顶层摔下来摔死的，在顶层靠近楼梯的地方，留有明显踩踏的痕迹。那些猫，一年之后的春天，仍然在碉房中走动着、跳跃着、奔跑着，它们所弄出的木板的响声，直到山上又有了土匪、碉房又成了堡垒之后，才在我们村庄里消失得干干净净。需要补充一点的是，白天和晚上，在李长根死后的一个月，也突然地死了，它们的生命，没有它们的子孙那么长久。

小　翠

　　云南籍诗人于坚，写过很多关于怒江的诗歌和散文。怒江，在另一个云南籍诗人危辰的笔底下，那些愤怒的水，是全世界的麻风病人在集会，在赛跑。而于坚要平静得多，于坚认为，这条江是陌生的，在诗歌之外，它一直"干着把石块打磨成沙粒的活计"。于坚的平静中，似乎也有着一种能够察觉的疯狂，而塑造这种疯狂的材料就是时间，给水一点时间，水什么都干得出来。这里我要讲的故事，还是与李长根紧密相连的，当然也跟时间和水有关系，否则我也就不会提起于坚和危辰这两个诗人。在李长根当更夫的时候，每晚报过三更，他都有到大云江边小睡的习惯。李长根在涛声里小睡，涛声一旦进入他，他就可以从时间里脱身出来。小小的睡眠，大云江在上面流淌，"干着把石块打磨成沙粒的活计"，小小的睡眠，大云江在上面流淌，全世界的麻风病人，瞬间就跑得无影无踪。有一天晚上，李长根报了三更天，提着灯笼，又来到了大云江边，可这一次，李长根不仅没有小睡，并且把报五更这样的大事也给忘了，让王云福家的赶马人直睡到太阳出山。李长根在江边遇到了保长曾福来的女儿小翠，当时小翠正往自己身上绑扎一个大石块，看样子，是想投江自杀。那天晚上，李长根和小翠的对话足足花掉了二更天的时间，在这里，我就只挑重点复述一下。李长根问小翠："王云江不要你了？"王云江是王云福的堂弟弟。小翠泪汪汪的脸巴转过来："嗯。"长根问："没人要了就找死，全村人不早就死光了？"小翠把身上的绳子解开，放下石头，问："您也被人丢掉过？"李长根把灯笼放到沙滩上，原先被灯笼照着的江水一下子就缩小了许多，黑色的江面更大了。李长根回答："丢掉我的那个人，死掉了，死的时候，我还去看她，她的头发全白了。"小翠把脸又转向大云江，大云江的水面上，好像有什么东西在边跑边叫。小翠问："那您为什么还活着？"对此，更夫李长根似乎已不需要回答，他低下头，看着那个从小翠身上卸下来的大石块，好半天才回答："她死了，我就活着，她救了我。"小翠："她救了您？"李长根答："当然，还有报更时，我自己的喊声，还有大云江的水声。"小翠走到一个岩石上，坐了下来，黑暗中的大云江，里面藏着灯笼，里面藏着数不清的李长根，可小翠怎么也弄不明白李长根刚才的话，只好又问："您告诉我，那个丢掉您的人，她什么时候才从您的身体里彻底走开的？"李长根被小翠逗得几乎想笑，可还是忍住了："去年，也就是她死的时候。"小翠坐在岩石上，灯笼的光，照红了她年轻而迷人的脊背，她再不问李长根，而是痴痴地望着大云江，声音很低地问着："去年？去年？……"李长根在小翠的呓语中站累了，正准备一屁股坐到沙滩上，小翠的声音忽然就没有了，大云江的江面上一下子就多了一个赛跑的人：小翠没带上她的大石块，大云江在接收的一瞬，也没有发出任何打磨的声音。在后来的日子里，曾福来保长找遍了我们红颜色的山地，但就是没有想到大云江，也没有想到去问问李长根。而老更夫李长根，只有在深夜才发出喊声，其余的时间全闭着嘴，在曾保长找王云江拼命并遭到王云江致命一击的时候，他也一概装聋作哑。在李长根的心底，埋葬着的对时间失去耐心的人，又何止小翠一人？在全世界的麻风病人集中赛跑的地方，石块变成了沙粒，肉体何尝又不能变成沙粒。

放蛊人王国

　　一个识字的放蛊人，名叫崔子发，曾经写下过一本黑封皮的书。他给"蛊"所下的定义是这样的："在大云江涨水的时候，选最黑的夜，把各种颜色、各种毒性的虫子，放进一个陶罐中，然后吹奏笛子，拉响二胡，调动虫子们的杀机，让它们互相撕咬、吞食——让死亡频频降临，直到陶罐中只剩下最后一只虫子，那最后的虫子就是蛊。"黑封皮的书一度是放蛊人的教科书，它还详尽地写到了毒虫的饲养、育蛊时毒虫的搭配、蛊的类型、蛊进入人体后产生的不同的功效、放蛊的技巧、放蛊的目的和意义、蛊的生产力与生产关系等等。与这本黑封皮的书同时的还有过一本中原人游历放蛊人王国的笔记。这两本书是我迄今所见的最奇特的书，在中原人的笔记中，生动地记录了我们那片山地上兴旺无比的放蛊人的诡谲的景象。在描述放蛊人顺着大云江，下行或者上溯，把蛊带向四面八方，然后把金银、仇家的头颅、布匹、盐巴、铁和女人带回来的场景时，这个中原人充满激情地采用了数据化的写作方式，从那似乎是冰冷的数据中，我读出了一种罕见的猖獗。

如此阴毒的秘密的王国形态，在一排排数据之间，全是毒虫小小的表情，生或者死、权力、意志、梦想，全藏伏在数据化的毒虫的小身体里。令人惊叹的是，这本中原人的笔记，在写到毒虫的集市和王国中例行的放蛊竞赛时，表现出了天才般的写作才华。色彩、线条、点、面以及随时可能出现的杀机和施毒的形式，在此均有细致的描述，语言到位，平静得像是在绣一双献给慈父的鞋底。所写的放蛊竞赛，用到了这样一句类似于歌诗的句子："谁让我生，我就死在他的怀里；谁让我死，我就死在她的缝隙里。"在写到竞赛中新秀辈出，失败的老放蛊人不得不服蛊自尽的场面时，书中非常客观地描述了一百个瞎子一齐拉响二胡为亡灵超度时，对二胡的声音的直观感觉，这个中原人认为，那一百个二胡就是一百双瞎子的眼睛，它们睁开了，看着那生与死的交接仪式。一百个瞎子，一个瞎子写了一章，从瞎子的头发、表情、外在的每一个器官、衣饰、小动作写起，直写到瞎子的身世及各自在集体之中所表现出来的个体的二胡声，乃至他们与泥土与放蛊的谜一般的联系。所写的竞赛人，有个人生活档案，有历次竞赛成绩统计，有具体的现实中的放蛊经历，比如在山东、在四川以蛊杀人的确切记录，可谓字字都是毒，句句都是死，但语气和字句却始终阳光灿烂、充满了欢快。对放蛊竞赛规则的如实记录，条理清楚，针对性强，条款之间互相联结但又互不瓜连遮掩，无懈可击，完全可以用来做现在的足球比赛的规程，其贯穿始终的"优胜劣汰"的至上法则，谁也玩不了假，一旦玩假，意味的就是以蛊自戕。在写到以蛊自戕时，这个中原人在全书中唯一地使用了诙谐的笔法，把那色彩绚丽的死亡写得像一种非常有趣的游戏，死的挣扎，在其笔底，似乎是在做极致的表演。但这书的最后一章，语句之间逐渐地苍白无力了，那种一直贯穿下来的写作者的忍耐力丧失殆尽了，很多地方言不由衷，甚至像"歹毒""阴冷"之类的词条总是频频出现。作者的灵魂不在了，代之的是无法节制的诅咒。因此我怀疑，在写作这书的最后一章时，这个中原人快要死了，并且有可能他已经被人暗中做了手脚，蛊已在他的体内发生功效了。要么是一场凄婉的情爱故事所致，要么纯粹就是因涉及到放蛊人王国中诸多秘密所致，反正那最后一章的文字，已经抛开了原有的欢快，俗尘中真实的死亡形象出现了，省略句式增加了。令人更不可思议的是，全书的最后一千字，这个中原人竟全盘丢开了放蛊人的王国，毫无起承转合，一下子就投入到了对"保定"的描写，他说保定有铺天盖地的鸟，黄昏时分，这些鸟就贴着城墙，忧郁地飞翔。他还说到保定的染布作坊，但他已经没有足够的时间去描写那些颜色，而是大量地使用了修辞。在写到风吹布匹的景象时，这个中原人甚至写下了这么一句："每一个染房，都像一百个妓女在原野上放声歌唱。"据此，我读初中时的语文老师曹水庆曾推断，这个中原人一定是保定人氏。这个推断，后来得到了充分的证实，放蛊学专家张子玉在我高中一年级的那年，在寡妇张雪蓉家的猪厩里发现了一块训诫碑，碑文中详细地记录了保定人李吉在放蛊人王国中的所作所为，对其放蛊的是一个叫崔子发的"大臣"。李吉死后，脸色铁青，眼睛、嘴巴和手全变成了水。

毒　药

　　我上村里小学附设初中班时的语文老师曹水庆，是一个回乡青年，因为是兔唇，私底下我们都叫他"曹豁豁"。用回乡青年当教师，本就是一种过渡性行为，我上高中后的第二年，村里的附设初中班解散了，曹老师仍旧当了农民。但曹老师不是一个安分守己的农民，他从其父亲、昔日龙云家的赶马人曹云鹏那儿知道了许多放蛊方面的知识，于是就在劳作之余苦心查考放蛊人王国的踪迹，我的爷爷手中的那两本书，也就是我读过的那两本，曾被他借去重抄了一式一份。以毒杀人，在我们村庄里有着悠久的历史，但曹老师研究放蛊，还是得私底下进行，因为那时候，这一切都被定性为封建迷信，一旦被发现了，免不了又要被绑了去游斗。像我这样的人，我自觉天资聪颖，在曹老师教我的时候，连村里人都讲，我的水平，足够教曹老师这样的人。可我弄不明白的是，我感觉单从放蛊上讲，我已经可以育虫并携蛊闯天下，可我放弃了放蛊这门技艺，原因非常简单，用现代毒药杀人，手段更高明，形式也更简单直接，而曹老师却仍然对放蛊吸髓有味。然而，不得不承认，我虽然对放蛊知之甚多，可对现代毒物学却一问三不知。就包括现在，为了写这篇东西，我不得不认真翻阅1996年版的《现代汉语词典》（修订本），我希望在里面能找到"氟乙酰胺""苯酚"和"毒鼠强"这三个词条。很显然，我并没有找到，而且明眼人一看就知，在我自认为是毒药的这三种"毒"中，有一种根本不是毒药，它就是苯酚。苯酚无毒杀功效，甚至有一种芳香气味，可用来制作香料。可问题也就出在这儿，苯酚是好东西，可它又是如何杀死长着兔唇的曹老师一家四口的呢？曹老师自从村里的附设初中班解散回家后，一边劳作，一边研究放蛊，不久就结了婚，不久就有了长着兔唇的一儿一女。但这种美妙的日子并没有持续多长时间，一家四口在某天中午全部死绝。曹老师的父亲曹云鹏曾是个老江湖，白发人送黑发人，也免不了悲痛欲绝，老泪流空了，就站到村中的一个高地上，放开嗓门："放蛊人，我日你妈的 × ；放蛊人，我日你妈的 × ，你不得好死！"直骂得嗓子哑了，气短了，满口都是血。曹老师的母亲也是个老江湖，年轻时是五尺道上一个客栈老板的女儿，她没叫骂，案发的当天，她将曹老师一家人吃剩的饭菜分别取了一点，让一只鸡吃饭，让另一只鸡吃菜，然后分开来关起。结果，到晚上，吃饭的鸡就死了，她就把曹老师家的剩饭取了一些藏了起来。更奇的是，第二天早上，那只死鸡竟然不见了。可惜的是，这些细节，在公安同志开展侦破之初，并没有成为必不可少的证据。两个红卫兵出身的公安同志看了现场，先是叫卫生所的人找来了几个瓶子，将死者的肾脏和胃内容取走，然后就跑省上、跑地区，他们的目的是寻找鳝鱼毒死人的科学依据。因为报案人称，曹老师一家是在早上挖田时得了两条鳝鱼，中午炒食后，就死去的。乡间有一种说法，鳝鱼老了，就成了精，凡食者骨头都会融化，这种鳝鱼叫"化骨鳝"。两位公安同志最终在专家们那儿得到的结论是："化骨鳝"毒死人，目前尚没有先例。有的专家甚至称，这纯粹是一派胡言。接着，两位公安同志按照曹云鹏的意思，开始明察暗访放蛊人。当时我的爷爷还健在。这个年轻时与曹云鹏一块儿走南闯北为龙云家赶马帮的人，已经因生活的艰辛而苍老得脾气怪诞、身体变形，像一部用旧了的机器，每一个部件都有了毛病，生满了锈。他总是因寒冷而颤抖不止，无论什么季节，从不扣上长衫上的扣子，总是披着，露出他那皱巴巴的胸膛，而且时刻都坐在火塘边，把火烧得很旺，双手拉开长衫，让火光直接映照着他的胸膛。爷爷的模样像只飞过雨季的大鸟，他在烘烤他那被淋湿了的翅膀。火烤烫了，就抹一把，爷爷的胸膛上遍布着红红的火斑，一围绕着一圈，与大树的年轮没什么两样。公安同志找到我的爷爷，搜走了那两本关于放蛊的书，并要我的爷爷讲出放蛊的经过来，杀人的动机是什么？是不是报复？爷爷赶马帮时早就练出了浑身的野胆子，长衫往后一甩，苍老的生命中一下子生发出不可思议的力量，犹如落光了叶子的果树又逢小阳春，他问两个公安同志："你们说什么？你们在说什么？"一副要拼命的模样。公安同志手里没具体的证据，本就带有吓唬吓唬的侥幸心理，没想到遇上的竟是一个黑煞神，也就再不僵持，转身就退出了我家的门槛。可就在爷爷气呼呼地在火塘上烤着他的胸膛的时候，脸上的怒容还没散掉，两个公安同志，带着一伙人，包括白发飘飘的曹云鹏，又冲进了我的家。一切再不需讲客套，爷爷还没反应过来，绳子就勒进了他干瘪的肉中。他们把那两本讲放蛊的书吊在爷爷的脖子上，押着爷爷在村庄里游斗。如此折腾了几天，我的爷爷仍旧死不开口。有一天，太阳很辣，爷爷被捆在少年乌鸦摔死的那棵梨树上，头低垂着，双眼结满了眼屎，嘴唇开遍了裂口。我去给爷爷送水，爷爷刚喝了几口，曹云鹏冲上来，一掌就把碗打掉了，碗砸得粉碎。爷爷双目怒睁，望着曹云鹏，呸地吐了一口浓痰。曹云鹏阴冷地笑了一下，弯下腰就把碎碗片集到一块儿，又到其他地方找来了许多碎玻璃，然后跟两个公安同志耳语了一阵，接着，就把我的爷爷从树上解下来，命令我的爷爷跪在那些锋利的碎片上。爷爷在两个公安同志的凌驾之中拼命地挣扎，并拼命地大骂："曹云鹏，你这个杂种，我恨当初没有宰了你。"爷爷挣扎了几十下，终还是被按了跪在那些碎片上，很快地，爷爷肉体里的血就流了出来，那些闪闪发光的碎片，白光变成了红光。爷爷叫嚣着，那些处处是刀刃的碎片正迅速地插进他的身体，抵达他的骨头。许多围观的村庄里的人还听见了碎片进入骨肉的声音，他们中的大多数不忍再看，爷爷歇斯底里的叫嚣让他们浑身发冷，有的走开了，有的悄悄地开始流泪，也有的还嫌不够激动人心，走到爷爷的背后，使劲地压迫爷爷的肩头或者摇动爷爷的身躯，爷爷的叫嚣变成了惨叫，但他仍在公安同志的诱引下死不开口。后来，摇他身躯的手越发有力，摇动频率也越发加快，爷爷实在受不住了，就唱起了他年轻时唱的歌谣："……云南——有个——江城——县，衙门——像猪厩；——大堂——打——板——子，——四——门——听——得——见。"爷爷反反复复地唱着这支歌谣，声音像地狱里吹来的一股凉风。我的父亲，那一个本是胆小的男人，流着泪，怒吼着，两次冲击现场，均被公安同志严肃地押回了家。父亲只好跪在堂屋里，一个人拍打着地，声嘶力竭地哭。就在父亲哭昏过去的时候，我那跪在锋利的碎片上的爷爷，也停止了歌唱，他头一歪，倒在了红彤彤的阳光里。曹云鹏说，我的爷爷是装死，冲上去就踢了一脚，可事实是，我的爷爷真的死了，脖子上吊着的那两本关于放蛊的书，被血染成了红颜色。连续多天对我的爷爷实行游斗，两个公安同志几乎忘掉了死去的曹老师一家人，任凭曹老师的母亲对尸首进行千般的呵护，恶臭还是弥漫了我们的村庄。调查放蛊人一事，因我的爷爷自绝于人民而又陷入了困境，公安同志只好请求上级部门帮忙，上级部门就到一所干校请来了放蛊学专家张子玉。张子玉对曹老师一家四口的尸体进行了认真的察看，说这与放蛊无关，明摆着是现代毒药毒死的。张子玉的话使两个公安同志非常被动，上级主管部门只好把他们调走了，重新派了两个有经验的公安同志来侦破此案。两个新来的公安同志，因陋就简，用简单的设备对提取的死者的肾脏及胃内容进行了化验，结果发现的只有苯酚，没有毒药。曹老师的母亲这时候，也才把藏下的剩饭交给了公安同志，并将死鸡失踪的事讲给了公安同志听，公安同志感觉到了线索的出现，并对现场进行了进一步取证。把只查出苯酚的那些东西、曹老师母亲提供的剩饭及现场提取的剩饭，一起带到了省上，请有关机构做精确的化验。结果却更加扑朔迷离，原先那两个公安同志提取的死者的肾脏和胃的内容中，除了苯酚外，还有"毒鼠强"，曹老师母亲提供的剩饭中，则查出，不仅有"毒鼠强"，还有"氟乙酰胺"，而新来的公安同志在现场提取的剩饭中，只有"毒鼠强"。三者根本合不上，可以明确的是，"毒鼠强"三者中都有，投毒致死是肯定的，可苯酚和"氟乙酰胺"又做何解释？苯酚一事倒没费什么周折，两个公安同志到卫生所调查，很快就弄清楚了。原来，案发时，那两个年轻的公安同志到卫生所要瓶子，医生就把装苯酚的瓶子给了他们，他们未做任何处理，就用了去装肾脏和胃里的内容，所盛之物，难免就染上了苯酚。对"氟乙酰胺"的调查却一度陷入绝境，曹老师的母亲在献出所藏的剩饭后，就拒绝与公安同志配合，张罗了将曹老师一家四口埋掉，便整天一声不吭，坐到大云江边，只管哭。曹云鹏去叫她，她就跟曹云鹏拼命，抱着曹云鹏直往大云江里跳，害得曹云鹏既不敢走近她，也不敢独自回村庄。埋葬我爷爷的那天，还有人看见她往大云江里丢纸钱。由此我曾推断，曹老师的母亲、曹云鹏和我的爷爷之间，肯定存在着某种关系。曹云鹏分明想置我爷爷于死地，而我的爷爷也曾骂曹云鹏"我恨当初没有宰了你！"曹老师的母亲，从案发时起，似乎又知道其儿孙之死与放蛊无关，并且她掌握着一些证据，可她为什么又一直不站出来替我爷爷开脱，而我爷爷死了，她为何又要祭奠？更可怕的是，曹云鹏和曹老师的母亲，仿佛对兔唇儿子、兔唇孙儿孙女及曹老师的老婆之死，并没有表现出足够的悲痛，甚至他们都有着借此泄私愤的嫌疑。随着公安同志对"氟乙酰胺"调查的深入，我的疑窦更加多起来。曹老师的母亲，在面对两个公安同志正式的审讯时，终于还是说出了"氟乙酰胺"的来历。她说，案发的当天，她做了试验后，见来负责侦破此案的两个公安同志不可靠，同时又害怕此案不了了之，为了让公安同志对此案有足够的重视，就往剩饭中再加了"氟乙酰胺"进去。由此说来，曹老师的母亲分明又对子孙之死非常的沉痛，而且希望能捉住投毒人。这与我上面的推断又不相吻合了，这个当年五尺道上客栈老板的女儿身上，藏着太多的秘密。到此，应该告诉读者的是，这个发生在三十年前的案子至今也没有侦破。去年冬天，我特意去了一趟我们乡的派出所，我的本意是去寻找那两本关于放蛊的书，书没找到，却听到了这样两个关于三十年前的那个投毒案的传说：第一个传说，说的是曹老师在苦修放蛊技艺的过程中，以身试毒，结果弄成了阳痿。其妻子就与别人有了私事，而且公开来往。曹老师自恨无力，也就认了。可后来，那个与曹老师妻子私通的男人谈了一门亲事，又甩不掉曹老师的妻子，就把"毒鼠强"掺进了曹老师一家的饭里。这个传说的主要依据是：那个与曹老师妻子私通的男人，自从公安同志进村后就下落不明了，至今也没回到我们村庄。第二个传说，说的是毒死曹老师一家人的凶手就是曹老师的母亲。这个传说找不到半点依据，只囿于猜测，而猜测的理由是：曹老师的母亲虽然与曹云鹏厮守了一生，但两人自从结婚后极少在一张床上睡觉，原因是曹云鹏年轻时曾患过严重的性病，并直接导致其子孙都是兔唇。我对两种传说都不置可否，曹老师一家，乃至曹云鹏及其妻子，如今都已尸骨腐朽，这有关死者的传说，还有什么意义呢？在放蛊人建立过王国的地方，毒虫或许真的没了，可蛊必然还存在着，它无孔不入，它的粉末，它的"毒"或许谁也清除不了的。

青　蛙

　　在一个名叫青蛙的小村子，有一个空荡荡的大院落，大院落足有四亩大的院坝上，寸草不生，有人用血红的颜料在上面，画了成千上万只青蛙。秩序井然的青蛙，全都抬着头，张着大嘴，一副拼命叫喊的样子。它们的叫声中，我能感受到血的疯狂、意志被强行改变后善良者孤注一掷的歹毒与邪恶。每一只青蛙都没有收敛自己的表情，它们是重复的、彻底的、悲怆的；站在院坝上，我被它们的有别于奏鸣的叫声举起来，又砸下去，举起来，又砸下去。我是一个粉身碎骨的坛子，每一块碎片都是重复的、尖锐的、冰冷的。这成千上万的青蛙，它们汇聚到这儿，一个满身飘荡着水声的女孩，在我失魂落魄的逃离途中告诉我：那些红颜料是猪血，那些叫声是父亲的求救的信号。在我失魂落魄的逃离途中，我看见一个肮脏的男人，手里拿着一把锋利的屠刀，他在布满了大山阴影的小村子里，四肢伏地，像青蛙一样跳跃，手中的屠刀，一次次砍在石头上，溅出夺目的火星子。一年以后，我在昆明一个叫青蛙的旅馆住了下来。有一天中午，我正在污迹斑斑的桌子上写一篇关于青蛙的文章,一个满身飘荡着水声的女孩闯了进来,她说她来自一个名叫青蛙的小村子,那一个像青蛙一样跳跃的男人就是她的父亲。她说她一年来一直像影子一样跟着我,目的就是要向我继续讲述青蛙的故事。一年后的这个女孩,身上的水声更响了,有成千上万只青蛙在水声里跳来跳去。她坐在床上,双手扶膝,目光向着地板。下面这一段文字就是她讲述的青蛙的故事:

　　一个叫青蛙的小村子,许多年前,是一个地方政府的所在地,那儿山清水秀,美女如云。地方政府在那里办公,上面的领导都乐意到那里来检查工作。一方面可以品尝那儿满沟满河的鲜美的青蛙肉;另一方面还可以在那个足有四亩大的院坝上,让女孩陪着,玩纸牌游戏,或者开篝火晚会。然而,也不知是什么原因,每次大雨之后,河沟里的青蛙都会从水中爬上岸,来到院坝里,把整个院坝排得满满的,谁也赶不走,用火焰也赶不走,常让地方政府及整个小村子里的人心中没底。另外,地方政府里的主要官员,一茬接一茬地换,换得很勤,据说每一茬都犯有腐化堕落的错误。这种事影响很不好。后来,地方政府就搬走了。搬走的前几天,又下了大雨,青蛙又去了一次院坝。而那天,我那个屠夫父亲,正好在给一家人杀猪,那是一头有水牛那么大的猪,饲养了大约有五年时间,主人为其提供的主要饲料就是青蛙。猪杀死了,脱了毛,白生生地躺在稻草上,只等我的父亲为其开膛剖腹、碎尸万段。可就在父亲正准备动手的一瞬,也不知是什么原因,这头死了的猪,突然地活了过来,一跃而起,撞倒了我的父亲,掀翻了烫猪用的大铁锅,脖子上血淋淋的刀口滴着零星的血,跑了。村里人都知道,这对于父亲和猪的主人来说,都是凶兆。等猪的主人再次在一个布满青蛙的池塘边将猪活活地打死,抬回来请父亲操刀的时候，父亲已经变成了一只青蛙，正在用猪血在那个院坝里绘制着成千上万只鲜红欲滴的青蛙。

女孩讲述故事的时候，没有露出任何苦思冥想的迹象，她几乎是一口气就讲完了。只是在两次强调"也不知是什么原因"这一句话的瞬间，我发现她那身体里的水声，比平时响得更有声势，一只接一只的青蛙想爬出来，却又被她挡了回去。

面　具

在亲戚们遗失粗糙的木刻面具的地方，神灵在游荡，那是一群神灵。他们人面兽身，一足一手，我的亲戚们，他们在清寂的山丘之上，以笨拙的方法整理着最没生殖力的土地，可他们却常常与过路的手艺人神秘地吹嘘：这一座山上，埋着一条金裤子。他们都渴望有一天，能够过上幸福的不劳而获的美妙日子，没有谁，比他们更厌恨土地。1988年深秋，我在山丘上的草丛中采集一种叫作"手"的怪异的植物标本，荒凉的山地上传来过这样的歌吟："噢，土豆，我的金土豆；噢，玉米，我的金玉米。"当时，我不得不停止我的采集活动，抽身就下了山，我讨厌这种虚妄的梦想。我知道，神灵已经改变了我的亲戚们的意志。一只手，一条腿，人的面目，兽的身体，这正是他们的本质。后来，我又一次回到了山丘，亲戚们已经学会了如何抛开土地，他们毫无节制涌向了城市中的每一个角落。可是，在城市奔波了一年，带着钱币回家的人很少，更多的是换了一套城市里的衣服，除此之外，就是恶习和性病。只有那一个以雕刻面具为生的人，他是我的外公，在无人再向他索购面具的年月，依然天天坐在低矮的山丘上面，不停地雕刻着面具，并将面具一一地埋葬在他的身后。

敬　畏

　　如果你的父母已经五十岁了，你还没有挣钱为他们买好棺木，那你就不是孝子，而你的父母在谈论棺木的人群中间，也就注定是一对沉默的石头。一个想当孝子的人，有一年，请巫师掐算了个出门的好日子，只身去了广东。一年后，他背着一小捆钱回家来了，给父母买了两盒上等的防腐棺木。可这个历来身手矫捷、在广东疲于奔命的年轻人，回到家，就成了一只懒猫，整天都骑在火塘上烤火。烈日炎炎的盛夏，他的肚皮上，也有着红彤彤的火斑，而且很少说话，偶尔说起，就是"广东——广东——广东——"父母都相信，独生子的魂落到水里去了，就去问巫师，巫师就用"烧鸡蛋"这一种民间最常见的占卜术，为他占卜，结果，烧出来的鸡蛋，剥了壳，里面是一块冰，冰里面是一只已孵化成形的小鸡，死了。景象令巫师大惊失色。巫师错误地选用了一个孵化过的鸡蛋，却准确地占卜出了一个生命的消息。巫师把鸡蛋交给了年轻人的父母，叫他们带着这鸡蛋，去广东喊魂。年轻人的父母就卖掉了一盒棺木，揣着路费去了广东。广东的拥挤、广东的快节奏，使两位步履蹒跚的老人，找不到一个缝隙，可以把他们的声音喊出去。两位老人就坐到海边，对着大海日复一日地喊，嗓子喊哑了，怀里的鸡蛋发臭了，他们也就被视作盲流，遣返回了家乡。儿子仍旧骑在火塘上无止无休地烤火，两位老人只好用剩下的一盒棺木，装了那鸡蛋，怀着敬畏的心情，葬之于南来北往的路口。

找 人

　　云南有许多勇士把血全部流在了台儿庄。那一场几十年前的血战，还有一个伟大的功绩，就是让少部分带着伤残返回故乡高原的勇士变成了无神论者。他们曾经在支离破碎的尸首上假寐，曾经用血糊糊的脑袋做枪架对着东洋兵射击，曾经坐在尸山血海之间高唱军歌或怀念故乡。死人已经死了，他们并不惧怕；活人还活着，他们还得英勇地对付。下面我要讲的就是这些返回故乡的勇士中的一个。这个人回到故乡后，他既没有像一些人那样接受了晋升的机会，也没有像另外一些人脚踏实地地在神灵游荡的高山峡谷中居住下来。他回家后，带着妻子，在云南高原上到处流浪。当他的子嗣们全都成家立业，他才又带着妻子，满头银发地回到那个他出生的小镇，开始了他一生中最平静的生活。他对自己终止流浪生涯的解释是这样的：在台儿庄，可以同时与三个东洋兵拼刺刀，却怎么也杀不光，可现在，我心中的东洋兵全死了。然而，这个以刀技闻名的老战士，在小镇上停留下来之后，他心中还有一种东西活得枝繁叶茂，在妻子七十岁生日的那天，他的礼物是一条健美裤。平静的小镇生活，老战士独来独往，他从来不参与任何有关鬼神的讲述和讨论，他觉得那都是无稽之谈。在小镇新建的庙子里，这个老战士，执意地要把一个大神手中的长剑改成步枪，他的威望，使人们不敢轻易地嘲弄他，但他还是遭到了拒绝，一怒之下，他就在庙子的大厅里撒了一泡尿。老战士死于1996年秋天，享年八十三岁。在临终之夜，他仍然满面红光，拉着一个外孙的手说，他这一生过得很清晰明白，但有一件事，他解释不清楚。他说有一次，在他客居昆明的时候，他去金碧路的一个大院找一个老战友，当时夜已深了，在他穿越一条漆黑的小巷的时候，一条白色的大腿拦住了他，他什么也没想，用手扒开，像扒开台儿庄上那些大腿一样，可走了几步，发觉不对，这巷子里怎么会有一条可以扒开的大腿呢？回头再看，大腿没了，漆黑的小巷比先前更黑。就这样，怀着疑虑，他来到了老战友的大院，站在院子里喊老战友的名字，老战友在二楼的一间亮着灯的房间里答了声，叫他上去，他就上去，敲门，老战友叫他推门，他推门进去，第一眼看见的就是一条与巷子中见的那条一模一样的大腿。老战友正坐在一条高高的凳子上洗脚，只穿了一条短裤，翘着一条白颜色的大腿。奇怪的是过几天，老战友就死了。在我讲述的这一老战士的床榻边，他的外孙对老战士说，这是幻觉，可老战士摇了摇头。老战士一生还有一个嗜好，每天都喝一市斤左右的苞谷酒，他死的那天，正好有一个乡下人为他送来了一桶。出殡那日，老战士的子嗣们把那桶酒点燃了，足足地烧了半天，蓝色的火焰，很多人都看不清楚。

埃 及

在金字塔的影子里，一只黄脸秃鹰，与一只青脸秃鹰，正合伙玩弄着一个沙漠与河流的游戏：黄脸把沙子丢在水中，沙子就不见了；青脸把水滴撒向沙子，水滴就消亡了。它们从不间断地重复着，也不变换运沙取水的姿势，没有争论，没有嫉妒和互相设置的陷阱，也没有谁抬起头来，向金字塔感恩或致意。就这样，几千年来，这个简单的游戏一直持续着，黄脸取沙的地方，仍旧是无穷无尽的沙粒；青脸取水的河流，仍旧是没有尽头的水珠。偶尔有几个骑着骆驼或划船路过这里的人，他们都会停下来，远远地望着，两个子孙浩荡的秃鹰家族。简单的游戏，秃鹰走出的路边，时间的国王们，正专心地数着沙子，数着水珠。一个个娇艳的时间的王妃则躲在沙筑的宫中，痴痴地接受着地中海火红的涛声。

铁　匠

　　红色的张铁匠，迎亲的那天，遇上了一支白色的送葬队伍。一条狭路，两边是水田，绿色的稻子正在怀胎，蜻蜓像飞着的花朵，蚱蜢像灵魂的尘埃。一边是花轿，一边是棺木，不是谁不给谁让路，的确是在红与白之间，谁也找不出一截宽余的角落，让红过去，或让白过去。然而，两支队伍，所有的人，都清楚，对峙的时间越久，白的悲哀将升级，红的喜悦将转变为血的凝固。最后，是红为白让路，鲜活的生灵主动向后退，沉默的死者唱着哀歌朝前走。一种现象上的哗变，在夏天美得让人心碎的田野上，一支送葬的队伍，紧跟着张铁匠迎亲的人群。在送葬的队伍中，一个年老的鳏夫在事后回忆，他说，那时候他听见两边水田中，怀胎的稻子纷纷炸裂，他预感到，一个风调雨顺而又颗粒无收的年头来临了。在红的队伍中，那个丰硕的中年媒婆，她看见的是蛇和田鼠，密集地布满了水田中所有的空隙。无边的田野啊，谁能把死亡重新抬回家？无边的田野啊，你让崭新的婚姻往回走，后面跟着送葬的队伍。让开白，红又才踏着满地的纸钱行进在那条狭路上，花轿中的新娘在恐惧中睡着了，提前来临的月经，渗出轿底，像红色的蜻蜓，在田野上飞翔。只有高大健壮的张铁匠，心中的蛤蟆很快地停止了邪恶的歌吟，爬走了。两个唢呐手，鼓着腮帮，又把欢快的曲子吹得惊天动地，昆虫乱飞。新娘进家门，天已黑定，摆开的酒宴正在回锅，饥饿的亲戚和乡邻在院子里，全都心绪不宁，但谁也说不清楚，这迟来的夏夜，有什么东西，已经混入迎亲的队伍，进了张铁匠的家。月经弥漫的新娘，在闹房之后，被张铁匠打铁的双手抱进了一个动荡而又陡峭的世界，神示的诗篇，到处都涂上了血污。当她从中弯腰站起，那个颗粒无收的年月，已经到处堆满了空腹的稻草，她来时经过的田野，是那样的宽大、平坦，像张铁匠无声无息的打铁铺。整整一个冬天，张铁匠几乎都没有生火打铁。村里的一个小贩，遭人抢杀，头被割走了，入柩那天，小贩的家人为了给死者一具全尸，请张铁匠打了个铁头颅；一个异乡的布客，马累死了，又想把马埋葬在故乡，就卖了马肉，请张铁匠打了一匹小铁马，然后请巫师把马魂放入小铁马，带了回去。张铁匠在整整的一个冬天，就接了这两桩活计。这个浑身力气的年轻人，就把所有的时间花在了妻子身上。那是个疯雪狂舞的冬天，张铁匠的情欲像巨大的雪花一样，不间断地涌向那一片似是而非的沃土，他不管身下的大地是否与他一块儿飞旋。骨子里的疯狂还使他忘记了打铁的要诀，烧红的铁需要淬火，才能更加坚硬。他在这一轮轮充盈着异美的杀伐与耕作中，听从了肉体的驱使，忘掉了灵魂的叮咛。可是，尽管他的精液像水一样流淌，他的妻子仍然像铁巴一样冰冷，那炽热的火苗一样伤人的，却又像酒一样醉人的精液，流进去，全都熄灭了。春风吹来的时候，张铁匠的母亲满怀疑惑地问老伴：劳作了半年，怎么连一颗豆荚都还不见饱满？张铁匠的父亲说，我怎么知道！谁也没有想到，这才是疑惑的开始，十年后，张铁匠的精液变成了眼泪，妻子的沃土上依然颗粒无收。而铁匠铺却愈发地兴旺了，活计一桩接着一桩。但为了安慰年迈的父母，张铁匠给两位老人分别用铁巴打制了两个小铁人。两个小铁人，在两位老人慈爱的手中，很快地就被抚摸得闪闪发光。父母相继去世，张铁匠分别把小铁人装入了他们的棺木。后来，又过了许多年，技艺已经炉火纯青的张铁匠，在打一把犁铧的时候，钳子没夹稳，一锤打偏，犁铧像鹰的翅膀，飞进了他的胸膛。把张铁匠沿着水田中的那条狭路送上山之后，张铁匠的妻子，一块不会产崽的铁巴，在收拾变卖铁匠铺的时候，在一个大铁箱里，发现了铁打的自己，腹大如鼓。

桑树之一

　　我曾经梦见过一个桑葚王国，在乌黑的桑葚间，移动着一条甜蜜的河流。那同时也是一条没有终结的河流，没因，没果，没有潮汐，没有旱涝，充盈的甜蜜，泛着乌黑的光芒。在桑葚的旁边，巨大的桑叶上，泛滥着绿色的疲乏的情欲，周身是肉的桑蚕，蠕动着，把情欲占为己有，然后就吐出丝绸，情欲的丝绸。作为王国中唯一的生灵，一片桑叶上，可以安排无数个桑蚕的家族，细小的家族，现象上的铤而走险，本质上的肥腻安宁。那些桑树的枝条，以那条甜蜜的河流作为粮仓，一根根全长得像阳痿的阴茎，戳不穿云朵，也伸不进河流。我梦见的这个桑葚的王国，每次想起来，都令我恶心，我曾在一首诗中发过毒誓，我一定要把那个暗藏的国王抓出来，处以凌迟。可那个情欲的国王、狡猾的国王、无力的国王，我至今没有抓到，他躲在他所缔造的王国中，作为我永远的敌人，拒绝与我针锋相对，拒绝与一切想要消灭他的生灵见面。

而他的王国，谁也扫荡不了，他的丝绸，是女人的皮肤和欲望。这个令人恶心的王国被我梦见，我感到，我的笔尖也因此常常沾满了胭脂。

桑树之二

黑嘴唇的吃葚人，他们从树枝上滑下来，坐在水边的一根木头上，望着对岸的养蚕人出神。那个采桑叶的女子，宽宽的臀部比夏天的所有还在盛开的花朵还要迷人。在这群吃葚人中间，我的叔叔最先站了起来，他是个敢爱敢恨的多情种子，他的好名声，使他在这条碧波荡漾的河流两岸，赢得了无数养蚕女子的欢心，可他的坏名声，也使许多心胸狭窄的吃葚男人，恨他恨得咬牙切齿。很快，他就游到了河的对岸，那一个宽臀部的女子也很快地成了我的婶婶。不过，当那天晚上，我的叔叔把宽臀部的女子带回家，却遭到了我的祖父祖母的顽强反对。反对者的理由非常简单：臀部宽宽，只会寻欢；臀部宽宽，男人榨干。但我的叔叔我行我素，上楼抱了被褥，带着他的女人，住到了河边的守秋房。那是个月光如水的夜晚，一群捉迷藏的少年，在河边的桑树林里，团团乱转，走到天亮，也没能从桑树的折断的枝条和飘飞的叶片中，找到回家的路。叔叔的迷狂叫醒了他们心中的小山羊，宽臀婶婶的吟唱打响了他们骨缝中间的小铃铛。一年后，又是一个夏天，婶婶的肚子翘了起来，祖母心软了，煮了一只鸡，叫回了叔叔和婶婶。祖父是个老酒鬼，叔叔投其所好，两瓶酒带回来，老酒鬼的心也跟着软了下来，两个人坐在院子里，听着桑蚕吃食的声音，直喝得酩酊大醉。接下来的日子过得平静而温馨，叔叔不放肆，婶婶不唱歌，养下来的独生子是祖父祖母的怀中宝。怀中宝三岁，学会了养蚕。不过，他的养蚕与宽臀婶婶的规模不大相同，他用一个小小的纸盒子，只养几条，一片蚕叶，就够桑蚕吃一天。可这个小小的养蚕人，也不是安分的种，门外热闹，就丢下小纸盒，鸟一样飞走。丢下的小纸盒，蚕就爬了出来，淹死在祖母的菜汤里，爬进祖父的酒坛里——如此循环往复，一怒之下，我的叔叔，把家里的桑树全砍了，宽臀婶婶的蚕子，也因此而死得精光。宽臀的婶婶，气急败坏的婶婶，坐在白花花的蚕尸上，从此便学会了吃桑蚕。她的浪笑和哭声令整个村庄都不得安宁。她整天都在村子里游荡，见了桑蚕，不管是谁家养的，抓起来，就往嘴巴里放，她的身上，常常有无数的桑蚕在出没，她像一张桑叶，到处都被咬破。

游走的备注

1942 年，由米内山庸夫等人主编的《新修支那省别全志》在日本东京出版。其中的第三卷所记述的全部是云南的情况，分为总说、交通、城镇、产业和经济五个部分，如果加上目录和索引，该卷共 1298 个页码一百多万字。1990 年，云南昭通行署地方志办公室在译介该卷有关昭通的章节时，于"翻译说明"中特别强调："米内山庸夫等人编著此书之时，日本正处于军国主义统治之下，所以编著此书的目的是为其侵华战争服务。"但令无数皓首穷经、蛰伏于野史正传以及民间传说中的广大志书编纂者们深感惊讶的是，这本冒着血泡的书，涉猎面之广、资料占有量之大、具体记述之细微翔实，实在堪称志书典范。更要命的是，它所记述的许多内容，就连《续云南通志长编》和《民国昭通县志稿》这样的定论之书也未曾收入。对于该书采用的大量的摄影图片、交通地图、细到只有两户人家村落的数据统计，以及对主要交通干道所做的周密的调查，更是让许多旧志书深感苍白。

在叙述大关县至四川宜宾的道路时，该书写道："出了大关，道路变窄，且一会儿上坡一会儿下坡，沿大关河而下，路面上小石头都很少，可步履轻快地行走。行三十五华里就到了河口街，再行十华里，有座吊桥架在河上……从大湾子行二十华里到云台山，从这里开始是石阶路，五华里之间都非常陡急，马都难以通行……"在一千字的陈述背后，附有"在云南运盐""背子"和"运豚油的挑夫"等三张图片及一个"村镇及沿路状况"图表，表中列有三十四个村镇。这些村镇居住人家多的有七百户，少的只有两户。相邻村镇之间的距离和村镇与昆明的距离均一一署明，村镇的地形地貌、出产、是否可做驿站、人文景观、交通概况等等无一不做详尽备注。比如"大湾子"这一条目，其备注为："是一个居于河畔高高的山腰上的驿站。山岚从四面涌来。有一约七十户人家的荒凉山村。在附近可看到牧马，可看到很多用背子运送煤炭的人。背子能遮住背夫头上的阳光。这些背夫一只手拿着扇子和汗拭，其汗拭是附在扇柄上的，是一种用竹片弯曲而成的东西，用它可将满脸的汗珠搔落。"再如"盐津"一条，其备注的是："人家约五百户。标高 1400 尺。大关河在这里与白水江合为横江。从横江溯航而来的盐船多在此地卸货。这里到新滩，有大至八间的民船航行。主要是装运煤炭。在大关河的左岸，架有一座一町多长的吊桥通向对岸，桥上还有顶盖。"在关于从昭通至大关沿途所见的村寨的记述中，"闸上"条的备注为："人家约百户。是一有相当规模的宿场。位于昭通平原北隅。从北面延伸而下的山脉，在此终止。东方三华里处有称为龙洞的名胜。洞中涌出清泉，当地人称为灵泉。附近长满松树。"与闸上相距二十五华里的"五马海"，备注是："人家约四十户。用炭团烧煮食物。街道很不清洁。路从这里起沿着溪流向下而行。溪水清澈，水量逐渐增加。山峰像屏风一样排列着，将河畔的小平原隔开……"

作为一种体例，其他道路周边的状况记述也一概如此。《新修支那省别全志》云南卷 1298 页，它究竟让多少村庄进入了案例？再想想整套《新修支那省别全志》，它笔锋之下，究竟又捕获了多少小溪流、小山头、小道路和小山村？据此回想该书成书的背景，仍不禁令人冷汗直冒。从昭通到宜宾这条道路，之前，作家艾芜也曾走过，但在其《南行记》中，几等于空白。两种游走，得出的是两种结果，本来就没有任何可比因素。但一群日本人夹在贩夫走卒中间，带着充满探究、落实和好奇的目光，一寸土地一寸河流地走过，并将一个个谜团从容而生动地解开，其中隐藏的力量，或许只有本雅明关于"巴黎拱廊街"研究计划的笔记和资料才能与之抗衡。

本雅明教会我们的是 19 世纪的梦幻术，他同时也让我们看见了神话力量的复苏；类似《新修支那省别全志》这样的读物，则是在把一些沉睡中的而又至关重要的细小物质，硬性地一一打醒，并将其集合起来。这些细小的物质，是我们所不屑的，熟悉的，可一旦被另一种力量所控制，立即就变成了我们视而不见，甚至是陌生的地狱。当然，站在政治学的角度，我们也可以把米内山庸夫等人的行为视作梦幻，并这样为他们下结论：梦幻中最容易衍生出乌托邦。但事实远非如此，我们需要为之焦虑的，不仅仅是一本志书的得失，也不仅仅是对一种"梦幻结局"的外部审视。80 年代末，我曾翻读过云南省的几个县所编制的地名志，它们语焉不详，缺少记述之功，仍旧是空对空的旧志翻版，有的甚至弥漫着癫狂的浪漫主义气息，形同废纸。这显然不是文风的问题。

暗色的面

　　美国人约瑟夫·洛克三十八岁时，也就是 1922 年来到了中国西南并以丽江为圆心，穷尽了他生命中的最后的二十七年时光。他于 1945 年在美国哈佛大学出版社出版的《中国西南古纳西王国》一书，被学术界称为"涉及纳西族宗教及濒于泯灭的古代纳西语言文化的不朽的巨著"。这一个男仆的儿子，虽然后来是以研究古纳西王国而跻身不朽者行列的，可最初他却是以植物学家的身份进入中国的。他的使命是尽可能地在云南众多的明净的边地采集植物和飞禽的标本，也就是说，开始的时候，他与其他同时代窜动于云南的西方神父或牧师，怀抱着的额外使命并没有什么不同。据一位云南水富县资深的地方志专家介绍，40 年代，在水富县陈凤山的黄家庄园里，曾生活过三位来自英国的神父，传教对他们来讲非常次要，他们最主要的工作就是满山捕捉"橘脉粉灯蛾"。

　　1944 年，洛克因病返美，在印度的加尔各答把自己的全部家当托付给了一艘军舰。非常不幸的是，这艘军舰在驶向阿拉伯湾的时候，被一枚日本鱼雷准确地击中。于是，一个异美的场景出现在了阿拉伯湾的海面上，那些逃难的水兵因此怀疑自己来到了天堂：那些被炸开的洛克的家当，有关宗教仪式的译文和一卷《纳西——英语百科词典》仅仅是家当的零头，其主要成分是色彩斑斓的大尾大蚕蛾、二尾凤蝶、红锯蛱蝶、三尾凤蝶、玉龙尾凤蝶、橘脉粉灯蛾、西番翠凤蝶……阿拉伯湾的海面上燃烧起了无边无际的天堂的火焰。对此，同为美国人的萨顿在一篇文章中写道："消息传给洛克时，他几乎崩溃了。其后，他向友人吐露说他曾认真考虑过自杀……"当然，洛克想自杀的理由是："他说他绝不可能凭记忆重新写出失去的著作。"因为那时的洛克已在丽江生活了二十二年，他不再是一个单纯的植物学家。

我对阿拉伯湾的海面上燃起的"天堂之火"，一直满怀着无限的向往。它不仅让那儿蓝色的海水改变了颜色、变换了质地、沉入了梦中，它还让岸边的沙漠学会了眺望、学会了蠕动、学会了飞翔。那些被固定了的或动着的蛾与蝶，仿佛魔法时代最动人心魄的忧郁；不，仿佛古老东方的后花园中逃出来的香魂兵团：也不，仿佛冷漠的时间史保留的最后一点纯粹的体温……它们被一枚鱼雷释放在海面上。

关于橘脉粉灯蛾，在另一篇文章中，我是这么描绘的："它的出现，意味着黑夜的戏剧是唯一的戏剧，其他的物质都只是黑色。它的头颅和胸膛陷入在夜色中，以求捍卫这致命的部位，但是，它也是有保留的，在用来真正与夜色相撞的头顶，它预留了一点金黄，那是黑夜的黄金，它让它的腹部疯狂，带着一排黑色的小圆点，以罕见的大面积的红颜色，接受尘埃和空气的抚摸。它的翅膀，只有翅脉是橘子的颜色，其他都黑透了，这容易让人联想到闪电与黑夜的永恒结合……"至于二尾凤蝶，我则是这么描绘的："它是云南的宝贝。在遍布马兜铃的地方，它带着一根根黄白色的飘带，以及阳光交给这些飘带的阴影，在不知疲惫地升降。我不相信它们只存活短暂的时光，它们的警戒色告诉我，以它捍卫美的决心，它远远不止存活一万年……"

引罢两则对橘脉粉灯蛾和二尾凤蝶的描述文字，我感到我是在历险，与捕猎者相比，他们的心肠是由软柔而变得粗硬的，而我则在一味地柔软下去，我怕自己不能自拔，只好息手。不过，这倒让我想起1998年春天的那一次爬大理苍山的经历，在洛克的笔下，苍山"自半山腰以上就终年积雪"，这说的是 20 年代，在 90 年代，苍山的半山腰以上则几乎没有雪，只在十八峰的峰巅之背阴处有一些残雪，如大神的足迹。因此，我爬苍山并不是去看雪，是为了去看"杜鹃船"。杜鹃像船，像无数的船，在一条条山的主脉和支脉上航行。记得在登马龙峰的时候，在一大片杜鹃花丛中，我目睹了这样一个场景——年年寂寞地"怒"放的杜鹃花，年年都把大如颗粒的花粉执着地投向旁边的一块巨石，结果，那块巨石全被浸黄了——巨石上也因此栖满了五彩缤纷的蝴蝶。之所以要插进苍山的这点气象，意思是在引用两则文字的途中，我真的觉得自己正变成那块被花粉浸软的石头，而且一厢情愿的逆转已难以拯救。想想，当如此美轮美奂的蛾蝶，以集体主义的方式，千千万万只地忽然出现在阿拉伯湾的海面上，用"爆炸""游行""堆集"……这样的词条，怎能描述？那是极限，是千千万万个极限突然相撞！我想，那些逃亡的水兵，有的一定因此而生，有的一定因此而死。

英国人大卫·卡特，是伦敦自然史博物馆昆虫系最擅长于鳞翅目昆虫研究的资深科学家，他曾说过："蝴蝶和蛾类最普通的防卫策略是混入背景中，这种技术可以通过不同的方式达成。蝴蝶在休息时将四翅合拢，只露出暗色的面；因此，当它们停留在树篱中并合上翅膀时，色彩鲜艳的蝴蝶似乎消失了。为了躲避鸟类，许多蛾类都在夜间飞行，但却又面临着蝙蝠的威胁。不过许多蛾类能听到蝙蝠的叫声，从而躲开它们。大多数夜间飞行的蛾类都有暗色翅，当停在树干上休息时，可提供良好的伪装……"在蝶类中，枯叶蝶也许是最卓越的伪装高手了，它们几乎把自己变成了一张枯朽的树叶，叶脉、叶片的瑕疵，一律被它们搬上了自己的身体。因此，在阿拉伯湾海面上，没有出现枯叶蝶，出现的都是些珍稀的异端。

1946 年 9 月，洛克又重返云南丽江，且一住就是三年，这三年时间，在纳西巫师的帮助下，他把全部心思都放在了《纳西——英语百科词典》一书的编写上。直到巫师和翻译隐蔽或失踪，他才于 1949 年 8 月极不情愿地走掉。他这一次再没有带走一只蛾或一只蝶。这时候，他真正地爱上了植物学之外的丽江，也正是因为如此，在返回美国路过加尔各答的时候，在给一个叫默里尔的人的信中，他说："与其躺在医院凄凉的病床上，我宁愿死在那玉龙雪山的鲜花丛中……"

天空里捉鸟

读一些强行驱动的文字（比如《惶然录》），是我目前的主要兴趣。与此相背离的充满了丰饶的想象的东西，不适合我的心境。我之所以如此，目的是想在别人韧性的叙述中体认文字的"障碍"和为文者的"向死而生"。

以前理解海明威，他站着写，写一些"电报式的语言"，总以为他仅仅是为了让语言干净些，并没有领悟到他对语言所怀的恐惧。马尔克斯的"重复"，也一度被理解为迷宫似的场景置换，并将其视为"客观"向"迷失"过渡的一种技术手段，我没有察觉到只有语言才有的孤独。读卡尔维诺，他关于祖先的那些篇章让我看见了语言不朽的张力，但我也没有想到他之于语言的奴隶本色，否则他也不会一头扎进《意大利童话》，并在简单、直接、快乐的语言环境中乐不知返……语言的牢狱之灾就这样绵绵不绝地延续着。只有语言的肉体戏剧，只有功利主义的文本炼金术，在变本加厉地吹吐着魔法时代的气泡。新词条、新术语，它们的到来，带来的并不是一种尖锐的插入和撕开，而是暧昧，是折叠，是隔墙外的呻吟。它们之所以成为"利器"，是因为我们中的大多数人的灵魂已经睡去，没有睡去的人，味蕾也已经坏死。

我是不是应该撒手了？①因为蚯蚓只能生活在黑暗的泥土中，我不敢奢求它能像鸟一样在天上飞；②因为蝎子，它们时刻都在跳交配舞，雄蝎将精液撒在草上，雌蝎再去收取，这种技术活儿，人类先天就欠缺；③因为蝾螈，它们可以在火焰中自由自在地生活，又能在水中出生入死，我不能；④因为飞鸟，在它们眼中，人们每天的所作所为都是按时的戏剧表演，人是娱乐的道具，没有灵魂，可我总觉得这是飞鸟的恶意扭曲；⑤因为蚂蚁，它们身体细小，却经常幻想着要拉动比它们还大的东西，所以只能累死；⑥因为豹子，它们随时都有机会把猎人当成晚餐……当语言以弥撒的形式出现，当语言的偏旁部首之间每时每刻都在举办着大师们悲怆的葬礼，我之于文字，无疑就像一个在别人的婚礼上待到深夜还赖着不走的客人，我独个儿跟新婚的夫妇出节目、玩游戏。你看，我像什么呀？

在云南彝族民间史诗《铜鼓王》中，铜鼓会产崽，在博尔赫斯的书卷里，石头会繁衍。唤醒铜鼓和石头的声音，让铜鼓和石头产生精液和卵子的力量，它们显然没有站在我们这一边。但为此我一再地被时光耗尽，为了非常确切又极其神秘地把身边的物种纠集起来合唱，为了不动声色地让诸神归位让言语恢复原生，我泥沙俱下，我命令天上的雨滴都变成铁钉，我指使纸片包扎山峰，我撕开湖水的皮肤……其结果是我被操纵的东西所操纵，所谓敬畏，所谓体温，全部变成了空气。

有人对我说，在进天堂的时候，如果上帝的提问你无法回答，那你就撒谎，因为人只能在上帝的注视之下才能变坏。这种体验我不曾有，但我还是决心在别人的婚礼上一直游戏下去，犹如在天空里捉鸟。我知道语言如蛊。

另附：

　　去年秋天，日本诗人谷川俊太郎来昆明，我曾问他："在你的艺术世界的背后，是否藏着一个村庄？"他告诉我他自小生活在东京。我想因我没表述清楚，从而也导致谷川俊太郎答非所问。其实我想说的是，也许每一个艺术家的身后都存在着一个艺术的源头，犹如生命之于母体。之所以问谷川，是因为我的写作全围绕着与我生命息息相关的具体地点来展开，目前我正写作的诗歌和小说，无一例外。上文所谈的"强行趋动"，我是想强调自己在由诗歌向小说"转轨"时所面临的叙述难题，这难题还将继续困扰我。比如已完成的短篇《手枪与同志》、中篇《38公里》，我始终无力更干净地消解诗意，许多故事性的东西总会被语言所伤。对于所面临的一切难题，我没认真想过，但如标题所言，天空里捉鸟，这可能一无所获。

死　亡

我看见过死神，他与我擦肩而过。那之前的某一天，我还在金沙江边的一座木楼里，读过布罗茨基《献给约翰·邓恩的大哀歌》。在这首了不起的长诗中，布罗茨基向人们提问："如果生命可以与人分享，那么谁愿意与我们分享死亡？"当时，我被震慑得说不出话来。站在窗口，金沙江宽阔、平缓的水面上，只有阳光在奔跑，许多云南诗人诗歌中黑铁一样的鹰，也不知藏到什么地方去了。与人像分享肉欲一样，共同分享肉体腐朽的人，诗歌中都找不到了，还能在哪儿找到？金沙江上，每年都有殉情男女相拥而亡，不过，这种死亡，是对"殉情"的分享，是对梦想的分享。这里的"死亡"即是"分享"或"共享"。在我看来，死亡是肉体的专用词，无数关于灵魂、思想、意志、宗教、王国等等消散之后所采用的"死亡"一词，都是神经质的，关于这类东西的完结，人类有着更准确的词语可以进行客观的描述。在上帝所谓寻找特选子民的整个过程中，梵高、海明威以及中国的海子等人的死，在后来者的评说文字中，更多的是把肉体之死与他们对绘画、小说、诗歌的求索精神无理地纠缠在一起。肉体是会死的，绘画、小说、诗歌也会死吗？在普通人的眼睛中，梵高的绘画对于梵高来说，海明威的小说对于海明威来说，海子的诗歌对于海子来说，都是有罪的。在普通人的大群体之外，有一些人把他们的死亡，从肉体中分析出来，并进行歌颂或反诘，这已经是死亡之外的事情了，与那真真切切的死，在本质上，已经不是一回事了。人类出于某种需要，精神上的共生共灭是普遍的，甚至已经发展成为一种习惯和伎俩，但让人类真正地俗下来，让谁与谁共同去承担肉体的腐朽，是难的。西川有一首诗曾令我感动，骆一禾、海子、西川三人被诗歌界视为北京的三套车，前二者死了，西川活着，这活着，是否有一点尴尬，我不知道，但西川真的写下了这样的句子："有多少心血无法写进这书中／这未完成的圣典：我的记忆，我的梦／什么样的缺点使我偷生人世。"我觉得西川是真诚的。他有一种对死亡的不解和恐惧，也有着对自己的失望和控诉。我相信西川在写这诗的时候，他回到了自己的肉体中，他抓住了肉体对死亡的感觉。在这篇短文的开头我说我曾看见过死神，他与我擦肩而过。我的本意是想讲述一个事件，没想心中的事件，因布罗茨基的出现而遭到了暂时的遗弃。不过，留到现在来讲，也是可以的。有一次，我应邀到云南的另外一个金沙江边的小城去开一个诗歌笔会，我当时的女友与我同行。我的女友是一个漂亮的女人，我和她来到那座涛声中的小城。然而，这座小城只欢迎我的女友，却要我死。那是个烈日当空的中午，一群人悄悄地出现在我们身边，他们带来了凶器和死神。我的反抗是徒劳的，一瞬间，我就看见了我的血，它们迅速地跑出了我的体外，那不停地扩散的红颜色，神秘地把我带走了。接下来，我的世界变了，黑色，白色，黑色，白色，除此之外，就是陌生的人，他们在狞笑、嘶鸣，在黑色与白色之间飘来飘去。我躺在那儿，谁也不理我，几天后，才有一个慈祥的老人叫我走，他叫我离开。他的话音刚落，我用双手撑着冰冷的地面，果然就站了起来。这时候，很多声音在我的耳朵边响，他醒了，醒过来了。我又回到了那个涛声中的江边小城，医院、床、医生、护士、诗人、领导和我的女友。女友抱着我缠满了绷带的头颅，悄悄地告诉我，她一辈子都将跟着我。那一次我足足睡了三天，只把开裂的头颅摆在了睡眠之外。云南小说家刘广雄当时还是一个孩子，他在一张纸上写下了这样一句留言："什么是诗，今天，我看见一群人，在诗人的头上，写下了无数血淋淋的诗句。"许多年后，我当时的女友远嫁他乡，而我也离开了金沙江边的小城，每次与人说起死，我都说我死过三天，看见过死神，他与我擦肩而过。可都有人纠正：那不是死，是休克；那不是死神，那是幻觉，知道吗，是幻觉！

晃　动

金沙江一直都在群峰之上晃动，太阳是它的姐姐，月亮是它的妹妹，而石头，石头是它晃动中的流速，而群山，群山总是站在永恒的对面。它在群峰之上晃动，在它与群峰之间，是风的通道，是云朵赛跑的地盘。大雁和帆布也从那儿穿过，种烤烟和采橘子的人则集中在群峰之下，他们的土屋、石屋、木屋或者草屋，也在群峰之下，春天是桃花，夏天是葵花，秋天是菊花，冬天是梅花，任何一个季节，群峰之下都有花朵在屋子的四周开放。金沙江在群峰之上，看见它的人，却很少整天仰着头，看见一次，也就记住了，那晃动的声音传下山来，所有的秩序依然不变，宁静仍旧如石头睡着了。有人在磨刀，目的也不是为了砍断那头顶之上的巨大流水；有人在诅咒，咒语恶毒，但也不针对那灵魂中的喧响；有人在祈求并把祭典的场面搬到了山巅，但也不是为了争取与它平起平坐的权利。它在群山之上晃动，它洗不干净黑山羊的牙齿，也染不黑白水牛的皮毛。我们可以将它当作一千个王，可它坐在帝国的刀尖上；我们也可以把它看成一只蝴蝶，可它的下面，就是群峰蹿动的火苗。我们也可以上到群峰之上，然而，我们与它不是一个种类。

拉　车

　　每一个守灵人都可能向你讲述一个故事。只要你问他，他都会对你讲："只要灵灯不熄灭，这个人的故事就没有完。"如果你再问他，他就会对你讲："如果灵灯熄了，你就再点燃它。"有一回，我的祖父带我去给一个死人守灵，我们坐在棺材旁边，可以清楚地看到灵灯暗淡的光线，从棺材底下爬出来，把唱着孝歌的众多守灵人的脸照得半明半暗。守到大约午夜时分，我在欢快的孝歌中，伏在棺材上睡着了。等我醒来，已是拂晓，灵堂里竟然只有我一个人，我那粗心的祖父也没在。睁着一双惊恐的眼睛，我身边的棺材正渐渐地长大，最终和黑夜连成了一体。灵灯熄灭了，整个世界都是一盒装了死人的棺材。据说，天亮的时候，孝子贤孙们来到灵堂，看见我躺在地上，踢翻了灵灯的那只脚上，还沾了许多菜油。童年时，我害的那场大病就从那天开始了，我总是在不停地游荡，说话的声音非常苍老，好像永远都在寻找着什么。特别显著的是：我从那天起，热爱上了裂缝或状似裂缝的房屋死角，或者死胡同。我常常蜷缩在裂缝里，不停地用手挖掘，希望黑暗的地方有一个出口，手指挖烂了，我不会疼，力气用光了，我就睡眠。在裂缝中，父母的手伸进来，他们想抓我出去，我就成了暴怒的狮子，掐他们的手，咬他们的手。我对自己的感觉是，我是在寻找一个我想去的地方我必须去的地方。那一年，我才五岁，可我的头发白了，牙齿松动了，满身皱纹。大约两年之后，我已经走到了死亡的边缘。有一天，绝望的父母带来了一个人，那人把我从黑暗的屋角抱出来，我想反抗，但我已经一点力气也没有了。现在，我仍旧坚信，那是一个拥有魔法的人。他把我放在一块木板上，在我的身下点了一盏灯，一盏灵灯，接着，他念了很多咒语，并叫人拿来了一只鸡，在鸡身上做了许多神秘的手脚，最后，他命令鸡，踩翻了我身下的灵灯。同时，那人不是纯粹的巫，他走的时候，给我留下了一大堆草药。把那一大堆草药全熬吃光了的时候，我已成长为一个鲜活的乡村少年，附在我身上的一切都走光了。每逢村里死人，我一样地去守灵，并拉着年老的守灵人的手，不停地询问，他们总是说："如果不是你的灵灯为你亮着，就请另外的生灵踩熄它。"我接着再问，他们就说："如果一切都改变不了，不是你的灵灯还照着你，只好把村里的婴儿集中起来，你躺在车上，让他们拉。拉动了。灯就熄了。"

奔　跑

现在才来讨论昭通城在以往的时光中跟云南其他城市相比，是大还是小，或者纠缠于它的那些法式建筑和梧桐树是否比其他城市更时髦，我想，这对于我们来说，都已经没有任何意义了。因为时光所改变的东西，或说时光所忘记的东西，对于每一个人来说，其剩下的只有想象和情感了，它并不能成为将来的证据，也不能成为时光走势的某种动力。

我曾经沿着那座城市的边沿走过无数回圈子。在流行环城长跑的那些寂寞的年代，我也是长跑者中的一员。这种表象上似乎是在完成一个圆的线性活动，其实是一次弯弯扭扭的从开始点再回到开始点的笨拙行为。它根本不能体现人们对这个城市的热爱，正如这种行为本身并不是纯粹的体育竞技活动一样，它只能让人们在极度的疲惫中产生无止无休的厌倦。围绕着城市奔跑，它意味着一种围困，一种精神上的下意识的围困。撞到绸带并领到鲜花的那个人，他既是最孤独的人，也是作茧自缚的第一个，他将退回他自己的圈套中。如此循环往复，如果第二次类似的活动再来，他甚至会成为别人圈套中的俘虏，即使他又跑完了全程，他自己的圈套也只能是别人圈套中的小圈套。所谓胜利者，就是有机会将别人围困。

这样的活动，我始终以参与者的身份保持着拒绝的心态。它的宿命意味经常在我的回忆之中散发出悲凉的气息。那些站在城内和城外（以奔跑的道路为界），为胜利者鼓掌，又为落后者鼓劲的人们，每次想起他们，我都有一种悲凉的感觉，作为时光深处的观众，作为速度和力气的反面教材，他们其实是一群因善意而失去了立场的岁月的敌人，也是岁月最喜欢嘲弄的人。他们的参与是一次主动的投降。

我向荒野上奔跑的人们致敬，我向黑夜中独自奔跑的人们致敬，我向在梦中奔跑的人们致敬。在我的这篇文章之中，按我的态度，"昭通"也只是一个词语，一个不确定的地名，它跟"四川某地"没有本质上的区别。尽管它是我关于"奔跑"的发生地，但我相信，类似的"奔跑"可能会成为更多的城市关于体育的某个时代的节日象征。我的老家在昭通，那儿每年冬天都会落雪，雪片最先弄白城市四周的山峰，然后才去敲打我年老的父母居住的那间土屋子的瓦片和门。我的弟弟，那一个在昆明城里徘徊的昭通民工，他小的时候没有鞋子穿，他在雪地上赤脚奔跑或在河流上赤脚滑冰的故事，至今还有人不经意地提起。

昭通不大，我绕着它走一圈大概一百分钟，如果骑车的话，则不用一百分钟。只是它的环城路已经成了街道，它向四周拓展的房屋，人们叫郊区。

读杜拉的一篇散文后的意外联想

读完玛格丽特·杜拉的散文《夜里的最后一个顾客》之后，我想的并不是宿命中的死亡或者爱情，也没有产生类似于杜拉的那种"我们什么也没说"的情绪，而是风马牛不相及地想到了多年前的露天电影，准确点说是想到了一次去看露天电影时看到的一件事。

那件事很简单：黑压压的人挤做一团看一场讲女特务的电影，女特务长得很美而且媚，一个看电影的男青年动心了，就把硬邦邦的阳具掏了出来，借人群拥挤的波浪感，弄湿了他前面看电影的那个女青年的屁股。女青年发现后，就弄乱了自己的长发，呼天抢地地哭了起来，一群人就铁桶般围住了男青年，有人还拿出了一把那个年代特有的做成鱼形的小水果刀，说，要把这男青年骗了，并死死地去抽男青年的裤带。节骨眼上，一个老人站了出来，说干不得干不得啊。最后，男青年挨了一顿雨点般的拳脚，浑身是血。男青年与我邻村，后来他一直很抑郁，三十多岁了，依然光棍一条。

写到这儿，却又让我想起了另一桩类似的事。不过，这事儿不是发生在露天电影场上。那是在我刚参加工作时所在的小城，一个单位的领导出差去重庆，出火车站时，人流如潮，人们差不多又是身体贴在了一起，领导的前面是个女青年，这位领导就像那看电影的男青年一样，在人潮人海中一厢情愿地偷欢，结果女青年不仅发现得早，而且极其勇敢，反手死死操住领导那物件，也不管领导裤子下滑行动不便，就往车站保卫部门送。后来我在的小城的另外一些领导收到了一封来自重庆的函，那出差的领导回来，职务就被免了，尽管他业务上是个能手，直到退休也再没被重用过，而是到一个乡政府去当了食堂卖饭菜票的工作人员。

吹　拂

把最美的那一束阳光还给天空。

我们应该知道这是感恩，这是土地最初的夙愿，这是人类最终的大典。知道来处，我们就能听见母亲乳汁流淌的声音；珍惜已经拥有的丰硕，我们就能从植物的根叶中感受真诚：平静地面对去路，我们就能在泥土的任何一个角落找到天堂。天地给我，我给天地。

我是天地间唯一的王吗？不是。

场 景

当年在此居住的人去了哪儿？

石头真的枯了，绿叶也真的是绿了——男人已经炸裂，像那些不能注入热水的玻璃杯，在热水来临之前秘密地忏悔；女人已经发黄，像我梦里的天空，无数腐朽的树叶充盈其间，风也无力把它们吹回大地上来。

时间。我们该用什么样的口吻，跟今后将要相遇的人们，谈起时间？

——时间的废墟上，经常有昆虫灿烂的集市；还有蜘蛛，躲在空中，外壳碧绿；还有蜈蚣，一种白颜色的虫，有毒。

一棵树

它从石头里吸出水来，供养自己。

在这些石头的截面上，泥土被放逐，阳光被消解，只有石头和石头顽强地加减，只有阳面和阴面互相呼应，只有裂隙和锋利的触角犹如人性的两种形态。

也许这才是水的源头：坚硬。干燥。只有空气在燃烧；也许这才是生命的起点：寂寞。萧条。只有天空在头顶上漂泊。

这一棵树，这么多石头。迈克尔·翁达杰说得多好："水已经远走他乡了，必须用铁罐和瓶子装运回来，它成了游荡在手和嘴之间的鬼魂。"而梅特林克则是这么说的："生命的长河中我们永远孤独，甚至没有自己做伴，因为我们对自己一无所知，我们若不在日子和日子间沉浮，便在荣誉和荣誉、年轮和年轮间沉浮。"

因为我们面对的不仅止旱季，还有绝壁。

因为我们固守着相同的地方，所有的人注定终身没有归宿。

蚂　蚁

　　蚂蚁在骨头上雕刻花纹，美所包含的东西里面，有时光的残酷，也有关于死亡的想象的恐怖。骨头原来是白颜色的，在蚂蚁的利齿下，那些白色的线条，那些白色的粉末。如果蚂蚁的工作，本是为了在逝去的生命之上，重新找回某些生命的内容，蚂蚁就将和所有的生灵一起承受时光的折磨：它们一样地面临着消逝，小小的躯体，背着天空，横渡时光飞逝的大河；小小的躯体，把亡失的生命纳入胸腔，朝前或者往后，每走一步，都有临终的感觉。时光在消逝，蚂蚁在阻止……

豹　子

这些黑夜中黑色的闪电，秘密地埋藏着它们锋利的刀刃。它们迅捷地劈开最黑的空气，就像锋利的刀刃把最亮的空气斩断。被劈开的最黑的空气，在豹子走远之后，才有断裂的声音发出，也才有艰辛的愈合像建筑工地上钢铁的焊接，寂寞的星宿的弧光，在人类睡去的时候，像喊魂人迷离的眼光。这些黑夜中醒着的生灵，月亮是它们的心脏，大地是它们看不清楚的故乡。树枝在折断，豹子的脚，闪耀着我们无法提取的光焰；远处的河流在喧响，豹子的血脉中，有一万个守灵人在高声歌唱。这是黑夜的灵魂，它们在黑夜的肉体中驱赶着黑夜冰冷的头颅、骨子、心脏、肺和肝，像春天的牧羊人，把羊子赶上青草欢笑的山冈。黑夜的牧羊人，这些闪电一样迅捷的豹子，它们在最黑的空气中飞翔，把黑夜中的一切，集合在梦的空荡荡的村庄。我的手中，没有它们的皮毛；我的双肩，却落满了它们曾盛载过泪水的眼眶，发黑的眼眶。这样的夜色，这样的时刻，鲜艳的马匹在栏栅里，消逝了奔跑的欲望；树叶下的鸟，那些飞翔的花朵，那些会唱歌的云，以及山峰上的鹰，也就是那些善于盘旋并时刻准备迅猛下击的铁，它们正伏在夜的宽阔的胸膛上，在梦中逃亡；蝙蝠，它们的翅膀正在拼凑，在豹子行动着的上方，它们使夜色更黑，使空气更稀薄。只有豹子，无畏的豹子，它们躲开所有的颂辞，躲开那些虚空的明亮，展开自己钢一样的躯体，怀抱着心灵的黄金，在我们寄存生命而又无力企及的地方，自由自在地，含着泪、幸福而又绝望地，生长或者死亡。像我孤独的灵魂。像我们抓不在手中的梦想。

在梨树上唱歌

　　一种虚假的歌唱始终萦绕着整个村庄。歌唱的地方是村庄的死角，那儿有布局杂乱的厕所，还有王氏家族的蓖麻地以及一方阴森恐怖的黑水池塘。蓖麻地里生长着一种指头大的剧毒昆虫，我们都叫其"龙"，"龙"有一对凸出头颅的绿色大眼，冰冷，歹毒，气势汹汹。"龙"的全身都布满了鲜艳无比的条纹，像侠客小说中那些放蛊的女人，淫荡而又邪恶，其诱人的功利性，总是通过死亡和暂时的欢悦来表达。"龙"虽不置人于死地，但其形质也充满了对人的仇恨。在那一方黑水池塘中，靠近岸的一边，有好心人放了一块棺材板，以便让村里的人站在上面取水浇地。然而就是在这近水的角落中，奇迹般地存在着一块半亩大的空地，空地的中央是一棵巨大的梨树。梨树粗大的主干只有人高，主干之后又分成两枝，在枝与枝分开之处，奇妙地淤积着一个平台，像倒立的人的臀部，足足可以供村里最肥硕的女人当成椅子。以走夜路心不虚而闻名的秃头屠夫在多年之前，曾用他锋利的屠刀对平台进行过精心的加工，他把平台弄成了一个椅面，一个臀部的形状非常逼真，可因长时间没有人敢去坐，目前堆满了鸟粪。梨树的主干只有人高，像自行车轮胎受气过多就会爆炸一样，它因茁壮或说其他缘由，也爆开了，敞着胸膛。胸腔里是密密麻麻的零件，管道或者块状物，生动地组合成只有生灵才有的胸腔世界。整个村子里的人，无论老少男女，都能在上面找到心脏、肺、胃、各式肠子以及躲躲闪闪的肾。但是，这样一棵梨树，也没有人将其视为神木，相反却是邪恶的化身。它结出的果实常常把树枝压断，它的丰收是邪恶的丰收，当它把整个村庄笼罩在甜蜜的梨味中时，村庄像死去了一般，每家人都关门闭户，连窗子也用稻草死死地塞住，梨味中的恐怖，是空气中的冤魂，它在寻找可以依附的肉体。这种时候，村里人出门，都要在额头上贴一小块红纸，有的还在脸上抹猪血、狗血或者鸡血。直到果实掉到地上，村子中飘荡着腐烂的气味，村子里日常的生活秩序才恢复。果实的享用者，是那些蓖麻地里的"龙"，它们在果实堆里贪婪地安身，最终毫不例外地因贪婪而横尸其间，与果实一起腐烂。吃食过这种果实的人，只有秃头屠夫，后来，他由一个彪形大汉迅速地萎缩为一个小矮人，并因加工过那个树丫上的平台而双手化为脓血。屠夫死了，村里人都不敢轻易地去表达自己的善良，而是由乡卫生所的医生拉走了尸体。另外，村里还有这样一个规矩：梨树的枝叶，是不能当柴火使用的，有人低声对我讲，谁烧了梨树的枝叶，全身就要烂掉。一个村里姓张的赌棍，在一个大雪下疯了的晚上，因为赢得了一笔小钱，喝醉了酒，歪歪斜斜地去上厕所，借着雪光，他看见梨树的平台上坐着一个梳头的女子，唱着歌，声音十分甜美。张赌棍后来就疯了，总是游荡在梨树的周围，有一年春天，终于落进那方黑色池塘，被水淹死了，家里人将其捞上来，他的嘴巴里含着几十朵艳丽的梨花。

六指人

　　鱼类都有成群结队的习性，如果某个独立的水域出现了一尾孤独的大鱼，村子里的人都会认定：这鱼是孤魂野鬼的化身。曹木匠的父亲也是一个木匠，曹木匠的祖父也还是一个木匠，他们代代相传的不是什么雕栏刻木的好手艺，无非是一些打饭桌做木凳之类的普通技术。崇尚鲁班，已没有什么实质性的精神内涵，偶尔的谈吐间，曹家人最感激的，就是鲁班发明了墨斗，墨斗可以让他们在弯曲的木材上找到一根直线。有一年春旱，直到春天快走的时候，才有一场大雨连下了三天。曹木匠的父亲看着本已开裂的田野，忽然间荡漾着白茫茫的水，在大雨还没有停歇下来，就赶着牛，扛着犁，下田去了。傍晚时，曹木匠的父亲带回了一尾红尾巴的鲤鱼，足有一斤重。一家人欢天喜地地煮了一大锅白菜丝炖鱼，那香味，令曹木匠家的左邻右舍的孩子们馋涎欲滴。第二天，曹木匠继续下田，中午时分，却被人背了回来，他的右脚被犁铧戳了一个大洞。不久，曹木匠的父亲就死了，乡卫生所的医生说，死于破伤风。曹木匠的家族史上，隔个代把人，都会有六指人，到了曹木匠这一代，轮到的就是曹木匠，曹木匠因此有十二个脚趾，十二个手指，脚趾一般很少见到，手指在外，都能见到。据说曹木匠上小学时，数学老师教加法，做到五加五之类的题，就说只要数完手指就对了，别人都是十，只有曹木匠是十二。村里人命贱，没有严格意义上的自尊，曹木匠因此也没有把自己手指与别人手指的区别当回事，更没有刻意地去把一个巴掌上的指头是五或是六这样的问题解决掉，所以读书总过不了关，上完一年级就回了家，当了木匠。父亲死后，曹木匠结了婚，媳妇还是邻村的一个六指人，十一年后，曹木匠膝下有了三男一女，全是六指人。家庭负担的加重，曹木匠开始借农闲时间到城里的建筑工地去干活，可没干几个月，就从六层楼的脚手架上掉下来，死了。曹木匠死后，他媳妇带着子女嫁了人，对方更穷，所以就倒插门，曹木匠睡觉的那个具体的角落，换了另外一个男人。就在那另外一个男人补位的第二天，曹木匠的家中，黄昏时分，一只巨大的蛤蟆出现了，它站在堂屋中央不停地大叫，一个时辰左右，叫累了，就走。接下来的日子里，蛤蟆按时来，按时走，吓坏了这个六指家庭。曹木匠的媳妇就去找来了一个巫师，巫师在曹木匠家的四周看了看，什么也没讲，叫把正对着大门的那棵杨树砍了，烧了一堆纸钱，收了五十元人民币，就走了。后来，蛤蟆也果然不再来，六指人一家过上了安宁的日子。

庄　园

　　这是一幢地主庄园，足足有五十亩地那么大。以前，褐红色的大门口站着两对石狮子，石狮子的后面是两块高高的石舫，石舫上刻写着一副对联，左边一句是"贵而贫，民无求焉"，右边一句是"富而骄，子必祸矣"。此联引自清嘉庆年间进士梁章钜所著《归田琐记》。后来庄园荒芜了，石联被县文化馆的人运走了，偌大的庄园也就被乡政府派用做粮仓。70年代以前，这座雕梁画栋，处处飞檐，色泽斑斓的粮仓曾经非常兴盛，那些铺着青砖或石板的院坝上，经常回荡着激越的脚步声，特别是秋天，上交"皇粮"的马车更是不分昼夜地来来去去，马粪中散出的热腾腾的气息，使整个巨大的粮仓气氛吉祥而富有生机。可是，有一年，风调雨顺，盛产油菜籽的广阔的田野上，人们的劳作，获得了双倍的收成，把几十间大大小小的库房，也就是从堂屋到厢房，直至佃房和仆人小屋，全都装满了油菜籽。所有的门窗都用砖头砌堵得死死的，只在墙根和接近屋檐的地方凿了两个洞，墙根处的洞设置了机关，用于取用油菜籽，屋檐处的洞，则是用于往里倾倒继续运来的油菜籽，直到装得满满的。有一天晚上，两个守仓人，借着月色，在初夏澄明的夜空下面，以酒抒怀，喝得豪情万丈，就在他们准备回房歇息的时候，其中一个忽然提议，要认真地看看粮仓中醉人的收成，于是两人就各自抬了一把楼梯，逐一地去看粮仓里的油菜籽。到第四间仓房时，一个守仓人把身子往屋檐下的洞里伸，没想到，醉意中搭的楼梯，一只脚伸在阴沟上，上面一用力，就往下滑，守仓人一惊，身子就往仓里送，力用大了，掉进了粮仓，一声大叫才喊了半截，就没了声息。然而，也就是这半声大叫，把在第五间仓房洞口上的另一个守仓人也同样地送进了粮仓。粮仓是丰收的海洋，静静地吞掉了两个守仓人。第二天，单位的人来上班，不见守仓人，见两把楼梯，都说这两个守仓人不负责任，人外出就是错误了，把楼梯搭在仓洞上不收起来，则是错上加错。许多天后，单位见两个守仓人依旧不回来，就在县报上登了寻人启事。三个月后，两个守仓人仍然没回来，单位就在县报上登了开除两个守仓人公职的人事决定。可就在榨油季节行将结束的时候，榨油工人在取用四号五号仓库油菜籽时，发现了两具白骨架子，根据县公安局鉴定，他们就是那两个已被开除了公职的守仓人。从那以后，这个庄园粮仓差不多就弃用了。单位的办公地点搬走了，就留下从村里临时招用的老鳏夫老王看守空空的大庄园。老王是一个沉默的人，勤劳的人，每月工资 18 块，但他干得兢兢业业。没有领导来检查工作，他仍然坚持不睡懒觉，不养鸟，不准闲杂人员入库。每天早上 8 点钟，准时轰轰隆隆地开启厚重的大木门，晚上 6 点钟，准时轰轰隆隆地关闭厚重的大木门。中间的时间，他就坐在大门边，目光炯炯，不叹息，不打瞌睡，也不听收音机。门前生起蛛网，他就弄掉；院内有了灰尘或者落叶，他就扫掉。空空的粮仓，干净得像天堂。这样的日子，过了大约五个年头，老王看守的粮仓，因为盛产油菜籽的广阔的田野上，人们的劳作，获得了双倍的收成，其他地方的粮仓装不下，调运了三卡车来，差不多装满了庄园的堂屋。沉默的老王，忠于职守的老王，就把自己的床搬到了堂屋隔壁的厢房。如此又过了两三年，三卡车油菜籽错过了两三个榨季，依旧没人来运走，开初，老王还多次托人带信给单位，说油菜籽快坏了，要赶紧加工，可每次都没回音。后来，老王就不再带信了。此时的老王已经老了，以前一天就能清扫的大庄园，现在得用两天，甚至三天，而且每天都累得气喘吁吁。而且现在的老王，每天得对付那数不清的老鼠和蛇。三卡车油菜籽没有运来之前，老鼠是少见的。三卡车油菜籽运来的第一年，老鼠还不成群，三卡车油菜籽运来的第三年，老鼠就无法无天了。而老鼠多了，蛇就多了，并且大多是些红颜色的蛇。老鼠吃油菜籽，蛇吃老鼠，少下去的只有油菜籽，多起来的是老鼠和蛇。老鼠是一种好动的小东西，它们把肚皮填饱之后，就拼命地用它们尖尖的小嘴巴，不停地拱动石头砌成的墙壁。最初，老王每每听见仓里有动静，就费劲地吆喊，或者站起身来，爬上仓库檐洞，往里掷石块。接下来，见油菜籽其实已变成一堆废物，老王就托人买回了很多鞭炮，有了动静，就点燃一个。时间久了，老鼠习惯了鞭炮声，老王也就再不使用鞭炮，任老鼠胡作非为。有时候，庄园里每天都会爬出很多条蛇来，老王不怕蛇，相反会走上前去，对着蛇说："去，别在这儿爬，去把耗子全部吃掉。"而蛇也仿佛能听懂老王的话，掉过头，爬回仓房去了。年老的老王巡游在庄园里，就像一张落叶飘过天空，小而且渺茫。这样又过了几年，大庄园除了有无数的老鼠和蛇之外，依旧干净得像天堂，按时开门，按时关门，没闲杂人员进入。最大的区别是，油菜籽更少了，散发着腐败的气息，老王的厢房与堂屋间的那堵隔墙，已经被老鼠拱动得每一块石头都松动了。而老王也终于摸清了蛇所聚居的确切地点，那就是堂屋后面的那间仆人小屋。那儿生长着一棵不知名的大树，大树枝叶之繁茂，令人难以想象，并且这是棵奇特的树，每一根枝条都笔直地朝外长出，从大树的根部就开始生，枝与枝之间，距离惊人的相等，如果人们要爬上去，就像上楼梯一样简单。更令人感到神秘的是，据说这棵树，一旦被刀斧伤着，伤口处就会流出一种类似血液的浆汁。在这个粮仓兴盛的时候，据说有小孩子往上爬，下来后，每一个都流了很多的鼻血。不过，这都是传说，一般都不能当真的。仆人小屋就坐落在这棵大树之下，阴暗、潮湿，有的地方还长满了青苔。通过几年的观察，老王确信，这里就是蛇的家了。有几次，老王在仆人小屋的门边见过蛇蜕下的皮，同时也见到过"蛇连交"，也就是蛇性交。按乡下的说法，见到蛇蜕下的皮的人，自己也得蜕层皮，而见到"蛇连交"的人，则离死期不远了。老王对这些，似信非信，不说话，也不找解脱之方，因为他心中已经有了更好的解决方式。在一个天气晴朗的日子，老王找来了一大堆柴火，把仆人小屋围了起来，然后浇了些煤油上去，点燃了。据后来老王跟赶来救火的单位领导讲，那一场大火，烧死了几百条蛇。红颜色的蛇占了大多数。单位领导没有批评老王，相反对老王长期坚守这座重要的粮食仓库，不喊累、不叫苦的工作作风给予了充分的肯定，对堂屋中那三卡车油菜籽的事则一个字也没提。只是面对整个大庄园所弥漫着的腐烂气息，领导拍了一下老王的肩头。老王的一把火，蛇真的少了。可这样的清静日子过了大约才半年左右的时间，老王住的那间厢房终于在一个深夜，因墙壁的石头错动，倒塌了，老王被埋在了里面，死了。粮仓又变成了庄园，年复一年地锁着。

萧　条

　　雁队飞过村庄的时候，许多人都视而不见，这其中当然也包括我的父亲。我父亲小的时候，曾经在河岸上，跟着一支雁队往北方走去，他当时什么也没有携带，诸如粮食、水、防身的刀具。他也没有具体的目的，纯粹是在一个普通的乡村清晨偶尔产生的冲动。据后来我的祖父回忆，那天清晨，祖父安排父亲去挑水，地里的白菜因连续干旱全都到了临死阶段，再不浇水，死亡就将遍布泥尘。可父亲领命而去，在通往河流的路上，他看见了春末的最后一支雁队，就将木桶抛在了河岸上，跟着雁队走了。有几个同去挑水的少年还亲眼目睹了这样的场景：父亲抛下的木桶，从河岸上往下滚，跳起来，落下去，最终散成了一块块小木板。父亲沿着河岸往北走，不久，雁队就消失了，天空里空得像父亲的大脑，他有一段时间，一直想不明白，他狂烈地奔跑，几乎流光了身上所有的汗，可还是没有阻止雁队的消失。一个上午的走或奔跑，父亲饿了，可河岸两边的地上，没有任何果腹的东西。雁队消失了，自己也饿了，父亲就沿着河岸往回走。下午时分，父亲回了村，看见家门时，首先看见祖父正在院坝里修理木桶，祖父的脸上停着一朵乌云，而善良的祖母却哭着，紧紧地抱住了父亲。等父亲狼吞虎咽地填饱了肚子，善良的祖母的脸上也升起了一朵乌云。修桶的祖父放下了斧头，像抓鸭子一样抓住了父亲的衣领，提起来，掷到屋角，就是一阵拳打脚踢，父亲像死了一样，没哭，也没求饶。祖母说，这种事情是天大的事情，无论是谁做出来，都不允许人护着，就是要朝死里打，打死他那鬼迷了的念头。因此，当祖父向父亲施以拳脚的时候，祖母不仅不闻不问，而且蔑视父亲投向她的那一束束目光，转身就出了家门，听瞎子拉二胡去了。那一顿暴打，父亲三天没出门；那一顿暴打之后，父亲也果然老实了，上小学五年级时，当老师号召学生"展开想象的翅膀"时，父亲忽然站起来，在本就极不正规的课堂上，大声地、气势汹汹地说出了一个字：屁。赢得了全班同学经久不息的叫好声。而恼羞成怒的老师，在放学后，反剪了父亲的双手，押右派分子似的把父亲押到了祖父祖母的面前。令老师意外的是，祖父不仅没有怒斥和狠揍父亲，相反对老师的行为极度地反感，用最歹毒的咒骂赶走了老师。祖父和父亲的愚蠢行为葬送的可能就是父亲的前途，尽管类似的行为在当时的乡村里，是司空见惯的，甚至被视为一种维护尊严的行为。人们总是在自以为是地以有别于文明社会的言行维持着自己蒙昧的生活，并将其无所顾忌地延续下去。父亲辍学后，摇身一变，就变成了祖父的影子，除了能按严格的传统方式，播种和收获之外，可以说真的是一个不学无术的人。他首先是拒绝所有来自农技推广人员的传教，在对土地的态度上总是我行我素。土地下放到户那年，面对村里拖拉机之类的现代耕作工具是留下还是出售了之这样的问题，濒死的祖父和生龙活虎的父亲持相同的态度：这种玩意儿简直无聊透顶！而对政治，父亲却表现出罕见的热情，每每谈及，声音比谁都大，出口的理论简直到了系统化的地步，而归结到底就是四个字：拳打脚踢。像祖父在他跟着雁队往北走的那天傍晚，对他所实施的方法一样。父亲说：如果这样，看谁还敢跟着雁队朝北方奔跑！对父亲的言行，我从来都听之任之，住在贫困的乡下，我的父亲和母亲日子萧条，我能做的，就是每个月的 10 号，按时从邮局给他们寄一点钱回去。

绣 花

　　一个人，在稻谷熟了满地金黄的时节，借着月光，把本不属于自己劳动所得的稻谷割倒一大片，然后又挑回家，充实自己装粮的木桶，度过饥荒或者殷实的年月，这样的行为，乡下并不少见，它既反映出有一部分人对土地和劳动的漠视，也说明有一部分人生来就不是什么好东西，纯粹是野蛮生番，骨子里潜藏着一种对土地的鄙视和对劳动的背叛。"犯罪"或"偶尔失足"这一类词汇，以及"改造"和"纠正"这样的词汇，前者只会形成一种恒定的心理定势，谁也改变不了，后者纯属执法者的愿望，在乡村中，是没人信的。那些在别人的土地上强行收获的人，他们大都是些被命名了的人，他们居住的房子，在邻居们的眼中，其实就是一个"贼"字，甚至于他们躲躲闪闪的目光、结结巴巴的公开讲话，人们都在心中为他准备着一个字：贼。这种人，同样也是一些脆弱的人，公安同志进村来之前，他们就在心底对自己的罪行坦白交代了，跟着公安同志走，他们非常自觉地就走进了大狱。很少有人申辩，请律师这样的事，更是不可能发生。当别人把他们当成贼的时候，他们比谁都清楚自己是贼，也比谁都清楚他们当贼的乐趣。他们大都身怀绣花绝技，大狱的门一打开，他们带着铁针和彩线、布匹进去；大狱的门再打开，他们带着绣满鲜花、绿叶、蝴蝶、小鸟的枕巾、鞋垫、手帕甚至被面之类的东西出来。大大的一个背囊，回家往桌上一倒，一个花花绿绿的世界就出来了。当然，坐大狱的人也并不全是割别人稻谷的人，还有偷牲口的、杀伤人的、强奸成人或幼女的、偷电的、偷自行车或者偷一切可偷之物的、往村干部家里投炸药的、往情敌的锅里藏农药的……而绣花背回家的，都是些没致人死地、手段不太凶狠、影响不大的那类，反之，我们就见不到他所绣的花了，只能看见他家里的人，用麻布袋子，把他的尸首扛回家，草草地埋掉。我中学时候的一个同学，读初一时，他看见几个农妇笑嘻嘻地团结在一起，把一个尖嘴猴腮的男人的裤子脱了，然后群策群力地把那男人按在草垛上，用一只手在男人的生殖器上上上下下地滑动，结果，尖嘴猴腮的男人，生殖器里流出了与众不同的水，尖嘴猴腮的男人，在欢天喜地的农妇中间，大喊大叫，脸上的表情有点像幸福，也有点像痛苦。看到这个游戏后，我那个十三岁的初中同学热爱上了手淫这一门技艺。初中毕业，这个情思恍惚的小男人没考上高中，就回村当了农民。大约在其二十岁那年，他就被公安同志请进了大狱，原因是他把邻居家的一个女孩儿给弄哭了。他被判了刑，开宣判大会的那天，我和其他几个同学去看他，他站在一大排光头中间，胸前一个大牌子，其他人的头都微微地抬着，只有他的头垂得很低。强奸，而且是强奸幼女，这个童年时老师叫写作文，题目是"我的理想"，在作文中立志要当将军的小男人，一定对自己的罪名不满意。在被大卡车拉走前的一刻，他不停地往群众堆里张望，最后看见了我们，就对我们说了声："给我带些布、线和针进来。"我把这话转告了他的父母，他的父母把这事办得很好。十年后，这个强奸犯长成了一个黑乎乎的大男人，出了狱，回了家，打听到我工作的地方，就骑着自行车给我送来了七双鞋垫。第一双鞋垫上，左右两只绣的都是密密麻麻的红喜字；第二双鞋垫上，左边那只绣的是牡丹花，右边那只绣的还是牡丹花；第三双鞋垫，右边绣一行字"春天就要来了"，左边绣一行字"小燕子飞回家"；第四双鞋垫，没有花、字之类的东西，只有乡间常见的窗格子似的图案；第五双鞋垫，左右两边各绣了一大个"忍"字；第六双鞋垫，右边绣了一条似蛇似龙的动物，这动物散见于街头青年手臂上的花纹，左边绣的是一柄简陋的剑，剑锋上有一条似蛇似龙的动物；第七双鞋垫，左边绣了个心的形状，心的图形中心是一个"爱"字，右边绣的还是心的形状，心的图形中心是个"情"字，在"情"字的下方，有一把小刀子，插得深深的。七双鞋垫，由一双粗制滥造的大手递过来，很多年来，一直被我踩在脚下。我的故乡是一个女红事业生机勃勃的地方，每年端午节后，秋收季节来临之前，到处都坐着绣花的人，但都是女人，可为何在这些女人身边成长的男人，犯了法，入了狱，就会拿起小小的绣花针，把孤单的狱中生涯弄得花团锦簇、浮想联翩，我一直想弄明白，可还是没有。

地　主

　　姥姥说，那一个被绳子捆牢了的人，年轻时非常英俊，是种地的好手。姥姥说这话的时候，有几个壮年男子正在掏空了粪水的粪池里，顶着炎炎烈日，翘着臀部，拼命地挖掘。他们都相信了被绳子捆牢了的那人所说的话，那人说这个粪池里埋着三百两白花花的银子和一具长工的尸体。几个壮年男子从中午劳作到太阳落山，挖出来的泥巴、石块、腐烂的树根，堆得像小山似的，散发出的恶臭，使整个村庄所有的农家都不得不延缓了吃饭的时间，人们都站在粪池周围，等待着银子和白颜色的骨头出现。月亮升起来，秋风更凉了，精疲力竭的挖掘者，他们的锄头最终无一例外地挖到了石头上，溅出的火星，像白花花的银子。整个村庄都一片寂静，几个满身恶臭的壮年男子从粪池中爬上来，围观的群众已经全部走光了，月光照亮的土地上，密密麻麻地丢满了劣质烟头。他们来到河边，黑颜色的水中，月亮因水的流速，在不停地颤抖。当他们洗掉身上的气味，站在河埂上，为首的那人骂了一串村话，极其下流，大概的正面意思是他们不但上当受骗了，而且不好向领导交差，那地主该死。就在这个壮年男子骂骂咧咧地踩着月光返回公社的时候，姥姥说，那一个被绳子捆牢了的人，并不比穷人过得舒服。在姥姥的眼中，那人纯粹是一个小气鬼。接着姥姥讲了一个故事，故事的男主角就是那个被绳子捆牢了的人，女主角就是姥姥。故事的基本概况是这样的：有一天黄昏，年轻而美丽的姥姥，准备穿过村庄，到河里去洗头（姥姥年轻时的秀发远近闻名），路过同样年轻并且英俊勤劳的而今被绳子捆牢了的那人的家门口，正在狼吞虎咽的青年地主见了姥姥，就结结巴巴地打招呼，意思是希望姥姥进他家坐坐，并与他共进晚餐。已经吃过了晚饭的姥姥不知因为什么，就答应了，可刚坐到饭桌旁，姥姥甚至还没来得及看清桌上的半碗菜，究竟是土豆还是南瓜，年轻地主就声音发紧，冒了一句话出来，那句话的意思是：这一点东西，我全吃了，也只能半饱，所以你不能动。年轻美丽的姥姥弄了个大红脸，气急败坏地跑回了家，忘了洗头的事，据说还哭了一场。当然，在那几个挖掘者踩着月光返回公社的时候，姥姥讲述中的这一个故事，有几处关于她的细节全被她省略了。她只说年轻地主叫她，她没当真，年轻地主说的那句话，她认为是开玩笑。就在那几个挖掘者返回公社后的第三天，一个秋高气爽的好日子。中午放学时，一身军装打扮的女知青，大约十八岁，我的语文老师，把我叫到了她的办公室。她黑油油的大辫子，我在梦中解开过无数次；她柳条般的腰肢，我在梦中抱过一百回。她对我说，公社要开批斗大会，要我代表全校师生去发言，稿子写好了，要我背得滚瓜烂熟。同时，她还特别交代，要把红领巾、衣服洗干净。开批斗大会的那天，公社的院坝里人山人海，红旗飘飘。被批斗的那人就是姥姥故事中那个，他被绳子捆牢了，低着头，破棉袄上露出的棉花，白里透黑，威风凛凛地站在他身后的就是那几个壮年挖掘者，他们在领着人们喊口号。揭发罪行的人很多，其中有一个是女同志，说话前，就哭了，刚说了半句，就冲到地主面前，往地主脸上吐口水，如此往返了半个时辰左右，人们终于听明白了。原来是这个被绳子捆牢了的人，年轻时候，曾偷看过她洗澡。在我发言之前发言的是一个仓库保管员，他说这一个被绳子捆牢了的人，挖社会主义的墙角，每一次背粮进仓库，都要专门穿一双大鞋子，然后用鞋子偷粮食，每次进库前，鞋子瘪瘪的，出来时，鞋子就鼓鼓的。我上台的时候，因为慌慌张张的，手脚发麻，才用皂角水洗过的红领巾硬邦邦的，不贴胸，直往天上翘，惹得台下的人山人海大笑不止，所以背诵了些什么，我一点也记不清了。最后是公社的领导做总结，他说，这个被绳子捆牢了的人，在最初接受审讯的时候，态度相当恶劣，亡我之心不死，他公开叫嚣：干部我不怕，他们能把我的鸡巴割去，戳七个眼眼当笛吹吗？公社领导义愤填膺，拍案而起，领着喊了几句口号后，接着说，现在（手指着被绳子捆牢的人），他终于低头认罪了，但他仍然抱着侥幸心理，埋的三百两银子和被他折磨死的长工的尸体，他还拒绝说出来，我们一定要与他斗争到底。公社领导始终没说挖粪池的事，我多么希望他说说，可直到散会，他也没说。后来，关于银子和长工尸体的事，我问过姥姥，姥姥说，她不知道，真有的话，也只能在那个粪池里。再后来，类似的批判大会还开了几次，有一次还闹了个笑话，原来的公社领导因贪污群众财产并与同事的老婆睡觉被现场抓获，撤职了，新来的公社领导是一个收音机厂的技术员出身，大动干戈，一村一户都安了小喇叭，凡有事，就往喇叭里发通知。那天，他亲自出马，审讯那个被绳子捆牢了的人，可直到拂晓，这人仍然拒绝交代埋葬罪证的地方。一怒之下，他觉得应该再用一次批斗会来促进一下阶级斗争的新进程，就冲到广播室，要女广播员迅速发通知。女广播员带着一个孩子，吃住都在广播室。接到领导通知，没梳洗，就打开了扩音机，刚对着麦克风亲切地说出"社员同志们！"五个字，孩子就在床上大哭起来，她就掉头看着孩子，一声怒吼："你这个杂种，还不起床?！"全公社的社员同志都被骂醒了，后来，这个女广播员就被调到了我们学校，教我们的音乐课，她的孩子，年龄比我还小，样子有点像前任公社领导。

二十八公里

在小西门远郊汽车站坐车，到我在的单位有二十八公里的路，四十分钟。

我离喧嚣离丰富离一种精疲力竭的行走方式也就有了二十八公里。离我自己胸腔内曾经骚动不已的搏杀不休的各种色彩和语言也就有了四十分钟。这时空之外的我，隐伏在石安公路，成昆铁路和昆中（中谊村）铁路交会处的一条矮山脉上，像只躯壳碧绿的飞行于桉树间的小昆虫，冷冷的，常被桉树叶打伤筋骨。

单位所在地的名字就叫作 28 公里。在我平静的忆念之中，有些重现的时光显得飘逸而朦胧，如地窖里的罐子盛装的水，是一个分子一个分子地浮走的，可一旦回涌到我的大脑中来，又是那曾经满盈的一罐，可能救活许多沙漠上行将渴死的人。28 公里处往安宁方向走一里路是东方艺术村。很久以前的一个夏天，画家朱发东曾经在那儿长发飘飘地生活，他在那儿挑拨色彩之间的原始关系，操纵色彩之间的战局和最后的谈判，并让色彩浩浩荡荡地扑向人们的胸腔，使人们丢失了心灵所在的位置，令心灵走上通往哲思与教理的漫漫长途。

曾经有一个动议：在艺术村搞个中国先锋画展。朱说给我听，我说就叫"28公里画展"，这种落到实处不含半点想象的行为，我不知道是否又含了当代人类最巨大的想象力和创造力，至少使人有一种来到了天堂墙外的感觉吧?!

后来画展没搞成，画家走了，石安公路旁留下了一大截非常波普的墙和几堵墙上满满的黑黑白白的线条以及几只飞翔起来的汽车旧轮胎。

我在28公里的房子很小，四周长满了野生植物。屋子里常常摆着许多同屋的卢泽君从老家金平带来的香菇和茶。香菇下酒，我们一天天往下喝；茶在水中寂寞地伸展，苦中泛着纯粹而恬淡的香气。也不问白天与黑夜，一切都自自然然地流淌。星期天偶尔去一趟昆明，转一圈，又搭着末班车回来。反正那永远的二十八公里，就算你站在东风广场，站在某一片艺术的山巅之上，也是没法减免的。

还是坐下来，听火车经过的声音，听大风吹拂桉树的声音。冬天来了，28公里处的气温往往比昆明市区低三度。

我跟瞎子学唱书

瞎子坐在秋风里。

背后的几棵杨树像几蓬冲天的火焰，燃烧得热烈而孤独，飞卷的落叶，带着某种神秘的意志和勇气，旋转着向金河透明的水面扑去，消灭在永远的流动之中。

隔着血红的山地，斜飞的阳光中有几堆雪白的草垛，它们因阳光而金黄，亦因瞎子的黑袍而阴暗。雁写天书，迢遥的回家之路，也不知会有多少群峰会碰断翅膀，也不知会有多少影子会被大地收留，作为永不愈合的裂痕。

瞎子的头发被风抓乱，而二胡的声音也如撕帛似的突然消失。瞎子用手顺理着断弦，如摸索一根枯萎的血管。空矇的眼中也就出现了一丝光亮：一颗浊泪像一只昆虫似的爬向了脸面。我说："师傅，天已挨黑，回吧！"

瞎子不动，只有风在动。他头颅平抬，向着江声喧沸的山谷。山谷深不可测，一阵阵薄雾正在山鹰的率领下往两岸的山峰涨潮般弥漫上来。零零星星的村寨在谷地中越飘越远，点亮的灯盏如墙角的狗眼，慢慢地没有了。那些在山地和绝壁上随意而又刻意悬挂的小道渐渐地也躲进了黑暗之中，只有远处最高的几座山峰，因初雪的装点，仍旧在最后的日色中高扬着最后一片辉煌。瞎子抱紧怀中的二胡，像山野抱死山路一样。他说："酒呢？"

酒壶早已空了多日，可瞎子还是拧了盖，脸向黑黑的天，嘴巴大张，黑黑的像个不可知的洞穴，酒壶抬起往里倒。一滴也没有，只听见秋风将酒壶呜呜吹响。

"《叠十字》练得咋样了？唱！"瞎子掉头朝我怒吼。此时，夜色已经彻底地包围了我们，并且已深入到我们的领口、耳孔、鼻孔、眼孔以及汗孔。我能够清晰地感觉到夜色和秋风在我的身体中进进出出，涂抹着我的每一个器官、每一根骨头、每一根神经、每一滴血……对着夜色，我唱道："祝英台在绣楼（嘛）哀哀痛哭……"没唱完，瞎子道："唱《蟒蛇记》中'莲花落'一段。"我已饥肠嘹亮，口舌含糊，可仍得唱，瞎子那冰一样的脸叫人害怕："一寸光阴一寸金（嘛，力哟力哟莲花落），寸金难买寸光阴（嘛，嗨嗨回，可怜人）；失落寸金容易找（嘛，力哟莲花落），失落寸光阴是无处寻（嘛，嗨嗨回，可怜人）……"这次瞎子再没叫停，直唱得我有气无力，也将一弯残月唱到了天上，冷冷地照着瞎子满脸的泪水。

瞎子从秋风中站起来，四周的杨树叶立即填满了他坐的地方。"回吧。"瞎子说，然后伸过干枯的左手。拉着他回家，至今我想起来，感觉是拉着一个影子。

红色的奔跑

　　如果你听见声音正在来临，犹如那些转动着的缥缈的轮子，那时候，我正在边疆的草丛中睡觉，梦中的蝴蝶总共有三只，红色。

　　也就是红颜色，翅膀或者布，皮肤或者气味，没有任何虚拟的修辞，仅仅红颜色——所谓能够潜伏其中的，也只有速度：行进中的死亡就是生命，就是畅通无阻地前赴后继。诗意的过程谁也记不住，铁一般的结局拥有无数冰冷的证据。超度谁或者被谁超度，还是所有的色彩并不都趋向皈依，而只是形式？问自己。

　　你知道这红颜色是多么的醉人，在我的诗稿《采访纸厂》中我曾千万遍地向你歌唱："红。红。红。红。……"而当这一张照片被印在报上，红色将变为黑色。只有速度依旧。

镂　骨

　　1992年，我曾在一组名叫《云朵下的高原》的诗中，写到过云南东北部山区里神秘的骨笛。一种用骨头雕凿而成的笛子，可以公正而准确地传达人的本性以及人对整个世界的看法。那种笛子的声音是气若游丝的，但又是隐忍的，在消失的边沿，它会突然变成一根锋利的铁针，而在尖厉高飘的瞬间，它亦会因为被推上极致变成一只昆虫的叹息。现在看来，那组诗是谵妄的、歇斯底里的，因为在那组诗中，我把"用骨头抒情"当成了关键词，在"用骨头表达爱情""用骨头对抗生存"等等一厢情愿的抒写背后，隐藏了一个巨大的令我气短终身的脆弱的空间。其实，我并没有把握着不公正的特权，我没有理由把"骨笛"这样的东西与生命联系在一起，并刻意地将它们推向万劫难逃的高处。在偏执狂到处游荡的时光中，我所犯的错误，是普遍的。骨笛死亡处的再生与骨笛尖厉处的死亡，本没有什么值得大惊小怪，吹笛人，那些云南东北部山区里呆滞的农民，他们坐在山上或者家中，用小刀雕凿骨头，实质上是一种传统的手艺，跟蚂蚁在骨头上，用小小的嘴巴咬出一条条花纹，并没有什么区别。而吹笛人用手把笛子抚摸得又光又滑，足以看得见骨头里面的人影，这跟一些蚂蚁把骨头咬出小孔，以求在骨头中躲风避雨，其性质也差不多；至于吹笛人在辽阔的星空下吹响笛子，跟蚂蚁在骨头中和平地分享未散的骨髓，其最终目的也是一致的。令我感到不安的，蚂蚁可以在一根骨头或一个土豆中安排下一个秩序井然的家族，而云南东北部山区里的镂骨人，他们却常常在一个个巨大无比的秋天里找不到生命的依据。

一群羊

当绵密的皮毛被刀锋固定为坚实的线条，它们离自己的家园已经更加遥远。天堂近了，肉身与泥土的关系就冰冷了。一头羊也许还是一个生命的栖息地，可一群羊绝对不是。

我无力再驱赶它们：这些画面上的生灵；我该用什么养育它们：这些精神上的物种？青草或者清泉，蓝天或者白云，泥尘或者血，我在冥冥中寄赠，可距离中的流离和丧失，令我茫然失措。神性的力量在徘徊，我怎么能原封不动地将得到的又一一献出？

在一次次灵魂的灿烂的集市上，我两手空空。当柔软的羊群被赶出草原，我只有一个人踏上归家的旅程。

焦　虑

　　一个卖《圣经》的人给博尔赫斯带来了一本无限的书，没有开头，也没有结尾。博尔赫斯开始感到的是幸福，后来恐慌和焦虑就充满了他的生活。电影《魔符》说的是这样的事：一个人在雅典城拾到了幸运女神之符，随后生活就变了，幸运与厄运相继来临。濒死时，这人将魔符硬塞给了自己的仇人，仇人因此买彩券中大奖、首次下赌场就赢了二十万美金。可一位先知告诉他：厄运已经开始了。果然厄运开始了，这个身带魔符的人，恐慌和焦虑充满了他的生活。人都一样：跟着诱惑来到世上，再跟着欲望消逝得无影无踪。

飘　逝

　　最终我还是跟它走散了。为了抓住它、占有它、歌颂它，我所做出的努力足以获得一座山峰或者一条河流。它来临之前，我在一条褐色的峡谷中洗手，它的身影从大地的最高处倒映到水中，渺小而脆弱，我一掠水，就碎了。那是一塘死水，蝌蚪的家园，马桑树的水井，牛脑壳的镜子。它的身影倒映在里面，像一个悲伤的俘虏。它出现在里面，而且离我越来越近，它的来临，踩着蝌蚪团团的背，在水中不停地耸动，冲不破水，身影却越来越大。水仿佛一张透明的橡皮。它以被禁的方式来临。那是春天，褐色峡谷中到处盛开着玫瑰——像女人的嘴唇，像骨头的影子。那是春天，两面的山坡上风在洒水，树根在交媾，泥巴在斗殴。那是个很美的峡谷，诗人于坚说这峡谷是"灵魂的大仓库"，小说家胡性能说这峡谷是"天空的河流"，我说这峡谷是"蚂蚁回家的线索"。我看着它从水塘中进入这条褐色的峡谷，像地道战年代的一个走不出地道的线人，它爬不出来，水塘的外面，我死死守着，我想抓住它，占有它，歌颂它。它也许只能与蝌蚪同伍，让汲水的牛舔它，让马桑树的枝叶撩拨它，命令它在自己的欲望中焚毁。我已经让十根指头充满了力量，我已经在它的身上找到了裂口，我已经为它准备了颂歌。它越来越清晰，灰暗的身子里藏着黑夜，也藏着过时的石块一样的方言——类似"让女人都爬上床来，让女人都哭着回去"。它最终以它的身影塞满了整个水塘，蝌蚪消失了，马桑树和牛饮用的不再是水，而是它的汗、泪、尿、口涎、鼻涕、精液、脓、脑浆、骨髓和血。它是"水塘"。

我一直守着它，可它还是跟我走散了。

有人问我它是什么？我答："什么"就是它。

它绝不是死亡。

乌 鸦

　　老家所在的村庄成形较早，村旁的大道笔直地对着远处大山的一个丫口，而村旁的河流则又笔直地对着远处大山的另一个丫口。盐巴客和布客在过去的时光中总是像羊群的出现和消亡，他们曾使某些寂寞的时光片段充满了神奇的动感。

　　还有马队，这些出色的畜生，它们飘忽的鬃毛和空洞的蹄声，确实让某些玄色的往事倍增光华。它们有如滔滔的心事在春天或秋天的期许和守望中，把那漫天的秘不可宣的生的消息幻化成了死一样的永恒——无谓去去来来，所有的重叠与轮回只是生命悲喜的残酷证明。

　　乌鸦飞着，黑颜色的鸟飞着。

　　乌鸦在孤独地飞越村庄的领空！

　　每一个，每一种生灵的旅程中都毫不例外地有一只黑色的鸟在中途歇脚，它的等待就是人或生灵的必然走向。

　　小时候，几乎所有会讲故事的人都这样绘声绘色地描述过：用乌鸦的肉擦眼，就能看见众多的鬼魂。乌鸦是一种阴性的鸟。讲故事的人如今很多都已经死掉了，他们所说的乌鸦却一直在飞着。正如那些破败的家宅，死过很多的人也诞生过很多人，甚至可以这样说，在同一张老木床上，生与死几乎是以同样的角度和形式解释着生命，不可解释的唯有乌鸦。家宅依然被乌鸦所注视，死仍旧是一个崭新的主题。在这种令人不安的气息中生活，我的童年时代显得灰色而恐怖，对黑色的害怕完全可以说成是对生的担忧。那时候，我根本没有半点勇气在黑夜中睁着眼睛，在爷爷断气的那张床铺上，我的睡眠，每一次都是用被子紧紧裹住全身，就连头，也总是藏在被子里，有时喘气，也只敢将被子拉开一条细缝，让空气流进去，绝不敢伸出头来。家贫如洗，煤油是必须节约的，可每晚都不敢吹熄那如豆的光，时间久了，母亲知道我的心思，不骂，只在估计我已经入睡之时，上楼将灯撤走。家贫，却也养得几窝老鼠，它们窜来窜去，仿佛一个噩梦，缠绕了我的人之初——总觉得那是一种脚步，它的来临或消逝，始终是一种胁迫。

乌鸦喜欢栖息在村庄最大的树上，一般不随便叫，一旦要叫，也不管当时是阳光明媚还是淫雨霏霏，当然它却懒得去划分节日和普通日子，该叫了就叫，叫了就没完。

叫了就有人提心吊胆。总之，这是一种抵达了某种境界的鸟，它是一种心态，是一种类似于"气"一样的东西。且不说它是否真如人们命名的那样——预言着死亡，可事实上它也的确促成了某些物质和精神的消散和再生。只要乌鸦还飞着，就绝不会有人心安理得。

麻　雀

麻雀不会像雁那样哪里好待往哪里飞;麻雀也不像乌鸦那样认死理,专门传递不好的消息,散播悲伤的感应。麻雀,怎么说呢?唉,麻雀其实有点儿像一个最本质的词语,比如说"鸟",很大程度上我们都是用来命名麻雀的。

记得小时候在乡下,对这种翎毛呈褐色的小东西,我可是从来也不曾把它们当成某种意犹未尽的象征,而只是觉得它们太容易进入人类的圈套,它们的肉很香,它们的队伍太庞大,永远都屠杀不完。同时,我还觉得,虽然不能说它们是良鸟,可也很难将它们当成敌人。从某种意义上讲,它们无非是人类的出气筒,只有在人类生气的时候,才会将它们撵出丰收的田野。更多的时候,尤其当它们化整为零出现在人类的视野中,人类往往对它们视而不见,而它们也就可以平安地与人类共享丰收的谷物,然后又惬意地飞回人类屋檐或墙洞中的它们的家。

我曾经与它们和睦相处,也曾经在一首诗篇中充当它们的主人。

我一生最大的梦想就是能当一个牧鸟人，赶着一群麻雀，在天空中或者大地上寻找食物。我认为这是一批最早来到人间的生灵之一，它们肯定在出发前接受过神的暗中吩咐，也肯定被神所限制过，比如不让它们了解灵魂是什么，不让它们知道婚姻出现之前为什么得走一条夏天的长路，而等到婚姻呼之欲出时，屋檐上的雨滴已经暗示了时光的冷酷。它们有一种被拐卖的味道，就像在云朵下活得好好的女孩子，一念之差，就被人给拐卖到了北方的盐碱滩，然后把一种很坚硬的婚姻硬塞给她们。最令人奇怪的是，事后她们也曾接受了拯救，一路地哭着回了家，然而，事情到此并未完结，接下来，她们又领着更多的麻雀往北方去。

当然，麻雀被神所捉弄，人却是自己玩自己。

葵花飞旋的村庄

有众多的丑角游荡在我们身旁。想起这话的时候我的表哥正在昏黄的灯光下偷吃邻居的豆腐乳。是的，丑角或者丑角的帮凶，他们从阳光的阴影中来到我们的夜色中，来到这些盛满豆腐乳的坛子周围。乡间浪漫的诗人说过：这是一种腐朽的豆食，像亡失了的方向，像打碎了的灵牌，它的味道中透着死亡的快感。

让丑角和他们的帮凶拿走这些坛子。我的表哥一边忙着吹熄灯火，一边忙着逃命。这个十多年前村子里嚼食葵花籽比赛中的冠军，其实是一个令人讨厌的败类。十多年前，我所居住的这个村庄以盛产葵花而闻名滇东北，巨大的圆形花朵像带着火焰的飞环，在肥沃或者贫瘠的土地上面不舍昼夜地盘旋，它们常常让阳光失色，或者说，它常常令阳光更加疯狂。有一年葵花籽丰收，村子里所有的粮仓全部被填满，喜极而泣的人们为了体现自己的心情，在村子中央的一块空地上点燃了大火，狂欢使很多人汗腺空空，精囊空空，只有那些更加丰盈的女人们直到最后依然歌声嘹亮。我的小叔，那个身轻如燕但又丑陋无比的小矮子，他没有参与狂欢，这个葵花籽的信徒单身从窗口爬入了粮仓，开始的时候，他坐在窗台上，一边吃着葵花籽，一边欣赏村子的狂欢。后来，他被狂欢的情景撩拨得魂飞魄散，他想躲躲，就忘记了粮仓已经是葵花籽的海洋，他跳进粮仓，结果松软的海洋收留了他。很久以后，人们从狂欢后的疲乏中振作起精神，开仓运送葵花籽卖钱，他已经变成了一堆白骨，葵花籽布满了他那矮小生命的每一个角落。父亲说，他死在葵花里也算是他的福气。那个乡间诗人并不这样认为，他说，这个人死在了丰收里，这只说明了一点，在天堂里有一个地狱，对那些从群体的欢快中独自走上偷欢之途的人来说，这个地狱将永远存在。

村子里出卖葵花籽的最后一个仪典是这样的：把全村的少男少女召集起来，坐在村东那条通往城市的小道旁边的一棵柳树下，进行吃葵花籽比赛，每个人面前放一大铁盆葵花籽，看谁最先吃完。

我前面提到的那个见丑角来临就只顾逃命的我的表哥，就曾多次在这种美妙的比赛中获得冠军，每一次的奖品就是允许他在全村每一户人家痛痛快快地美餐一顿。全村 23 户人家，他可以不停地吃 11 天半，大油大水吃得他年年拉稀。据说这个传统的赛事起源于很多年前，有一天，一个穿黄衣服的瘦人来到我们村庄，他看见那个歉收的年月全村人都在痛哭，就花大价钱买了十多盆葵花籽，无偿地叫村中的十多个少男少女来吃，条件只有一个，就是把葵花籽的壳集中到一个大竹篓里。十多个饥肠滚沸的少男少女美滋滋地痛吃了半天，葵花籽壳装满了大竹篓，黄衣人又出了一份钱，租了村里的一口大铁锅，买了些柴火，在村里用水熬煎那些壳，熬了三天三夜，水干了，锅底上，扒开腐烂的壳，是拳头大的一坨黑红色的血。黄衣人将这血坨往怀里一装，朝着曙光初照的山峰，唱着歌走了。据老人讲，那之后的几年村里的葵花籽连年丰收，想起黄衣人，想起那血坨，村里就定了些规纪，设了这赛事，但谁也不敢将地下的葵花籽壳收起来用大火熬煎。后来这赛事不知因为什么停办了，我的表哥，这个家里穷得连豆腐乳也没有的生活的败类，每当想起那些令他拉稀的好日光，就止不住一次次地去偷食他心目中的美食，特别是那一种腐朽的食物。

"让丑角和他们的帮凶拿走这些坛子，"我的表哥在逃命的途中总是这样喋喋不休，"反正我和好人们一样，个个都一无所有。"

玩　鱼

　　玩鱼的少年已经走远，故乡的河岸上只留下满地闪光的鳞甲。疤脸的哥哥拿着渔网，他在河面上心不在焉地吹着口哨，阳光开始斜照，靠阳光抚平过的脸上，又出现了众多的小坑，那脸上的阴影，用歪嘴表弟的话说，它们多像一坨坨鸟粪。疤脸哥哥，疤脸哥哥，你的脸上堆满了鸟粪，我们站在河岸上齐声喊叫；疤脸哥哥，疤脸哥哥，你的脸巴是鸟粪，我们在河岸上一边奔跑一边诅咒。疤脸哥哥心不在焉地继续吹着口哨，没有撒网，也没有往河岸上甩石头，跑得远远的我们，坐在青草丛中，直笑得满地打滚。那个走远了的玩鱼少年却再也没有回到我们中间。河中的鱼类真的少了，就算是天降大雾的清晨，顺着河边的石缝捉摸，冰冷的石缝里也只捉得着闪光的鳞甲，昔日的鳞甲，水的鳞甲。

　　鱼类正在成为河流的异教徒，偶尔捉到的几尾，鳞甲都日渐苍白，那种生机勃勃的色泽很少了。而鲜红的或者黑青的色彩，更是几乎绝迹了，它们被水带走了，这并不是因为河流中暗藏着一支支随时可能猝然出击的手，也不是因为疤脸哥哥有着结实而美丽的网。它们再不能成为手的敌人，它们再不能被我们处以凌迟，它们被水带走了，留下的鳞甲闪着白颜色的光，在河岸上，在河水中。拉二胡的瞎子，二胡就是他的眼睛，他总是坐在河流的对岸给来往的外乡人讲，这条河流，在他小的时候，河面上全是拥挤的鱼背，那些鱼背像古代战场上齐刷刷地射出的箭。我们坐在河的这边，高声喊叫：拥挤的鱼背，齐刷刷射出的箭。拥挤的鱼背，齐刷刷射出的箭。我们把偶尔捉住的几尾鱼放在手心上，小小的鱼，生命力脆弱，它们跳起来，又落下去，跳起来，多么动人，落下去，多么迅速，在我们狭窄的手心里，直到它们再也不能整体动弹，只剩下尾巴遗嘱似的善良拍打着我们的手纹。然后，我们为它们褪甲，让它们的肉露出来，苍白的肉；我们为它们开膛，死了，它们的血还是红的，热的。它们的尾巴还会动。它们的刺藏在肉中，鲜美的肉中，一把把锋利的刺刀，在最后的时刻，也就是生命没了，肉身也将没了的时刻，寻求报复。这种弱者的尊严，通常被理解为歹毒，被人们随口吐在地上。有时候，偶尔捉住的鱼，它们来自污浊的河流，满肚子脏水，我们把它们放在清水里，撒上一点盐，它们就会痛痛快快地不停地喋水，吞水，吐水，用清水把胸腔以及体内的每一个神秘的角落清洗得干干净净。然后，再把它们放到更多的清水中去，给它们干净的青草或其他饵食，让它们恢复元气，让它们更加精力充沛，而就在它们感觉到了生在天堂的那个瞬间，我们已在故乡的河岸上点燃了柴火，一口铁锅里盛满了冰冷的清水，多么好的鱼，放在铁锅里，多清的水，它们在里面欢乐地游来游去。锅下的柴火在燃烧，水在慢慢地变热，我们在手忙脚乱地弄作料。慢慢地，鱼开始疲惫，水滚沸之时，鱼已经熟了，捞出来，蘸水里一过，其味之鲜，叹为极致。在我的故乡，这叫吃"跑水鱼"。也叫玩鱼。

疤脸哥哥和歪嘴表弟今天都离开了河流，他们在都市的饭馆里打工，任务就是为鱼褪甲，为鱼开膛，夜深的时候，饭馆歇业，他们常常端着大盆大盆的鳞甲在街道上，往转角处的垃圾场飞奔。

医　院

　　我的老家的一所大医院，据说是一个西方的修女建起来的。这所医院一直作为老家人医治重病或说病入膏肓走投无路时的投靠站，它很旧地立在城边的一个斜坡上。它的一墙之隔是我早年求学并生发初恋的地方。医院和学校组合成一个房子的群体，被一条凸凹不平的公路将其与城市隔开。城市发展十分迟缓，所谓郊区，十多年以后，依旧是稻田和苞谷地，人迹稀少，没有更多的喧嚣。站在男生宿舍顶楼的平台上，或者坐在礼堂前的石台阶上，就可以看见田地间那条通往一片白杨树林的白色土路。考试即将来临的时光，我们都喜欢拿着书本到学校围墙外的田地间去背诵自以为可能成为试题的知识。医院的围墙在朝向田地的一方，与学校的围墙连在一起，学校的围墙没有后门，医院的围墙有一道破旧的狭狭的后门，后门出来，是一片杂草丛生的坟地，据说坟里埋的都是些死去的病人，而且是些穷苦人家的病死者。死了，没能力让其返回家山，草草葬此。我们常到那些坟地去，那儿有很纯美的野花，有坟地里最常见的灰挑菜。有时候，也会遇着病死的婴孩，几件花花绿绿的小衣服盖着，很随意地丢在坟岗之间，遇到这种情况，我们就会心里发慌，合了书本，急急地跑回学校去。死了的婴孩，在之后的我们的睡眠中，往往会燃烧着出现，死亡的联想，犹如对生的茫然，它始终追逐着我们，我们的奔跑，梦中的奔跑，始终离它很近，怎么也拉不开距离。

因为和医院仅仅一墙之隔，医院的气息常飘到我们的生活中来。教我们中文系唐宋诗词的老教师姓高，有一课，他讲《阳关三叠》。高老师家在北方，因错划为右派才下放云南，因诗动情，高老师张着一张落了门牙的嘴巴，在讲台上高唱《阳光三叠》，他老泪纵横的样子，引一班的同学为他悲凉，一起跟着他唱，跟着他流泪。而那时候，我分明感觉到课堂中充满了氤氲不绝的来苏味。"劝君更进一杯酒，西出阳关无故人。"来苏的味道中，我们一唱三叹，仿佛真的到了生死离别的大漠，到了生命中欲舍不能、欲去徘徊的境地。唱完了，下课的铃声中，我们红着眼，走到走廊上，往医院方向看，医院里晃动着白大褂，晃动着秋天落叶的影子。由于差不多每个人都因在医院的视野中生活，而又都在潜意识中接收到了关于死亡的信息，每天晚自习后，一根摇晃的烛光下面，关于死亡，关于鬼怪的话题总是被一再地提起。有一个晚上，我们一间宿舍的六个同学下决心好好地聊聊，当然，那已经是毕业的前夕。话题是关于鬼，原则是不能道听途说，不准搬书本知识，必须是亲身经历。那是个恐怖之夜，许多讲过的鬼事我都忘了。我只记得我讲的一则，我的原有的叙述是这样的：乌鸦是人间与地府间来来往往的一种鸟，据老辈人讲，用乌鸦的血肉擦过眼睛，人就能看见鬼的世界，而且这几乎是乡下的一个真理，人人都信，有不信的人，村里人就会威胁他，让他试试，可还是没人敢试。传说，在我的爷爷辈分上，村里有一个胆大气盛的人，他果然用乌鸦的肉擦了眼睛，之后，每次到黄昏就不敢出门，因为他看见了另外一个世界，那些村里早已去世的人，仍旧在村子里安静地生活着，劳动或者游荡，跟活着时没什么区别。我们村子中，有一条河流把村子划成两半，河上一根独木做桥，常常不能两人同过，遇到碰头，哪怕是仇人，有一方也得等。那用乌鸦肉擦了眼睛的人，从此便很少有过桥的时候，人们常见他站在桥的一头等，而桥上空无一人，问他等谁，他总说桥上有人，有一次家乡发大水，全村的人都往地里奔，抢收就要到手的粮食，他却总在桥边站着不动，家里人急了，就骂他，骂多了，受不了，他只好往桥上挤去，他分明看见有人，可走过去，又碰不到人，过了一人，再看桥上，仍旧有人，再往前挤，仍旧碰不到人，如此多次，他叫一声，满嘴的鲜血喷出，倒入河中，被大水冲走了。我讲的这事，同学们都不信，我只好问：谁敢试试，用乌鸦的血肉擦眼睛？黑夜中，谁也不敢回答。

就要毕业了，我跟同班的一个女生因互相倾慕而学会了往田地间独去，全是一副不经意的样子，然后见面，然后在秋收后的草垛中坐下来，甚至冬天，大雪飘飘的晚上，我们也总是乐此不疲。牵着手，望着星空，嘴巴或喋喋不休，或紧紧闭着。然而，每一次都有医院的味道环绕着我们。这使我在之后的许多年的时光之中，总是在一次次的风花雪月般的故事中，感觉到那医院的味道，它们浸透到了我的血肉之中，时光也无力将其分析出来。记得有一年，我跟一个医院的护士有过一次很短暂的接触，在那短暂的时间里，她很快地就将我的小屋，处处摆满了酒精棉球和各式的鲜艳的药丸，这使我非常痛苦，只好分手。

沙堆上的月亮

1993年春天，我曾经独自流浪北方。北方留给我的印象就像一只巨大的空碗留给饥者的印象一样：那是一种没有想象的印象，从始至终，从外到内，从高处到深渊，乃至从黑白相间的时光到遥远凄迷的梦境，我都无法从空着的地方收割到一筐白色的草籽。那些飘荡在河南天空中的布匹和徐徐飞越河北的鸟队；那些在陕西大地上玩牌的盲童和坐在上海闹市看天的白发老道；那些手持鲜花走遍了山东的少女以及那些海上的背水者，他们的呈现和寂逝，他们的再生和燃烧，都仿佛空着的地方正在继续搬运的某些东西，没有声音，没有痕迹。

空着的地方只好让它继续空着，空着的地方所出现的一切所没有的一切，在欲望和权力最深刻或最消淡的时候，其实也都空着。正如谁也不能从阳光里拿出一缕黄色。这又使我想起沙，它们一粒挨着一粒，一万粒挨着一万粒；它们一粒压着一粒，一万粒压着一万粒；它们一粒包含着一万粒，一万粒包含着一粒；它们一万粒站在一粒之上，一粒穿过了一万粒的心；它们一粒背叛了一万粒，一万粒仍旧在自己的骨缝中为一粒相思；它们一万粒挑起了一粒灵与肉的搏杀，一粒却心悦诚服地继续充当一万粒的奴隶；它们一粒等于一万粒，它们一万粒却回不到一粒；它们一万粒等于一粒，一粒却在一万粒的永远的碎断中抓不住逃荒的宁静；它们互相抚摸，玩着有规则的游戏；它们点燃纸糊的灯盏，在晚风中照耀着各个瘦小的脸，多么生动的小脸，在晚风中像昆虫肚子里那些恍惚的天。

它们空着，月亮也休想改变。作为一种饰物，月亮的升降是一种中性意义上的徒劳。在我生活过的地方，月亮经常被一种叫作"死"或"消灭"的树叶所弥漫；也经常有狼从兄弟般的人群中游离出来，坐在水面上，一边用水洗脸，一边伤心地对着月亮号哭；还有一种植物，确切地说是一种开花的植物；在月亮下面，它们常常用自己的茎插入自己的花蕊，这是一种天生的贱物，它们总是在午夜因疯狂的碎裂而枯死。而月亮，除了把骑在墙上的人们的脸晒黑外，对所有的一切总是非常的冷淡。它从来也不曾编造过寓言和象征，想象世界中的躁动与它无缘。至于沙，至于这种在《新华字典》中被命名为"非常细碎的石粒"的东西，当月亮照着它们的时候，我曾经坐在云南省一个叫作母鹿寨的古老营盘之上为之泪水盈盈：那是在去年冬天的一个晚上，我怀抱一把嗜血的长剑和一把破旧的月琴，从一个地方向一万个地方走去。老实说，那天晚上的月亮又大又圆又亮，在我的身边偶尔走过几对弯腰情侣，月亮下的云南宁静而且安详，我的长剑躲在黑暗的剑鞘中一点光也发不出来，月琴的弦已经断了一根，其他根锃亮如初，完全可以用做谋杀爱情的凶器。总之那是一个普通的夜晚，在一些很高的山上有人在画着脸谱，也有人在回想炼金术，特别是一些女子，她们坐在灯下，不停地盘算着种植葵花的最佳日子。我独自在一个空着的地方走着，结果在母鹿寨，我目睹了沙堆上的那轮月亮。

那轮月亮在我后来的流浪之书里面和一首诗歌中，我都做过一些笨拙的描写，记得我曾经对一个草垛里的画师说，那轮月亮像一张揉皱了的白纸。当然，这种说法难免夹杂了许多夸张的成分，更准确地说，其实那轮月亮更像一滴老处女的泪，满是沧桑却依旧纯洁如初。那轮月亮以最常见的方式照耀着云南省母鹿寨一带空着的沙堆，那是一种很怪的景象：月亮的光清晰而且硬挺，直直地从空处插向空处，发出类似绝响的声音，由一而十，由十而百，由百而千，由千而万，由万而亿……绵绵不绝，波波相推，一直往极致而去。可这月亮的光，在触及沙粒的一瞬，那么果断，那么突然，那么不可思议，一下子变成了水一样的液体，在沙中消亡无踪，谁也休想再将它们剔出来，谁也休想再一次用自己的心去祭奠曾经的温馨和秘不可宣的"情"字。

　　沙，当一种幻景出现之前，另一种幻景并没有离去，在那些重叠的地方，沙始终在玩弄着视角或立场上的游戏，而光和色彩，只是孤独者回家时必须踩着的韵律。

少女之祷

少女的毁灭是天下毁灭的极致。先生有言："所谓悲剧，就是把美的东西毁灭给人看。"这是泛泛的毁灭，泛泛的悲剧。大师歌德有言："伟大的女性引导我们前进。"这是泛泛的精神趋向，泛泛的女性力量。而让，少女，真的，毁灭，给我们看，我们还有什么理由偷生人世？而让少女引导我们向前方行进，我们还有什么理由中途逃逸？少女之美是万物之美的凝结，是美中之美的最后的真实。她的具象，没有雕饰，犹如纳西东巴用浓墨重彩亦描绘出了红尘之间的美，雕饰中的无，无中的大雕饰；雕饰中的情不自禁，情不自禁中的大理智。当人类以自己的智慧，以神灵般的意志，带着凡俗的烟尘抵达透明，那迷乱中的少女之美，我们将如何面对？以前读过一本很神秘的书，书中的一个词条——花心蛙——令我窒息：在拉丁美洲那些凄艳的花丛王国中，细小的花心蛙，像虫，色泽艳丽，而且透明，它们生于花蕊之中，花蕊是它们最初的摇篮；它们食花蕊滋养生命，花蕊是它们的沃土；它们死于花蕊之中，花蕊是它们最后的墓地。一生周遭，均没半点人间气息，只有花的芳香为生飘荡，亦为死飘荡。我感觉这中间藏着一种类似少女的命运，如果"少女"就是一个女人的一生，我不知道我在歌唱的时候该怎样发音、遣词和调动生命的激情，或者说我不知道我该以怎样的方式沉默。也许歌唱已表达不了那生动的唯美，也许沉默已暗示了人类在面对美的时候已经默认了自己的肮脏和无力。

是的，如果"少女"就是女人的一生，世界将只有一条路可走：在最幸福的时刻，在最永恒的时刻，选择消逝。

然而，只要少女还在祈祷，还在以画幅中这种姿势等待，人类就还在滔滔的逝水上面，一次次地演绎着犯罪的游戏。等，青丝如梦，未绽的芳唇幻化成为草莓，秋日的阳光在焦灼中破碎，这等，这以祷告和祈求的方式无休无止的等，为的是谁？

坐在深秋，我望着画幅中的少女，窗外的落叶，据说是大树伤心的泪滴，它们不停地飞旋，我说不出这画，这画里的阳光将以怎样的方式回应苍茫的人世：当美不再是禁区，当美主动选择毁灭，这相悖的现象之间，我该对着谁的背影一厢情愿地哭泣。

这少女之祷：米兰·昆德拉说，上帝在发笑。

石城猜谜记

一

诗人杨升庵之所以被嘉靖皇帝朱厚熜充贬云南保山，一个重要的原因就是他在一个特定的环境中做了一个指向过于确定的游戏。朱厚熜的堂兄朱厚照即正德皇帝，于1521年3月死于一个春风大作之夜。据野史资料称，那一夜，几乎所有华北平原上的银狐都自动集合在一起，绕着北京城不停地奔跑。而与此同时，尚居湖北安陆的朱厚熜的寓所外，明晃晃的月光下，到处都是离斑水蜡蛾堆集而成的小山。这种异常的景象由于资讯落伍而没有及时地传到杨升庵的父亲、大学士、宰辅杨庭和的耳中，于是，他错误地认为朱厚照的魂魄已经从奢靡的皇宫中撤走了，大明江山顺理成章地应该交给年仅十五岁的朱厚熜。这个愚顽老头，当他从袖口中抽出朱厚照的遗嘱并迫不及待地宣读"由兴献王朱祐元长子朱厚熜继承帝位"时，就注定他已把玩笑开大了。

杨庭和的错误在于，一方面他忽视了朱厚照死时的年龄和生前的嗜好；另一方面他低估了朱厚熜十五岁的身体中所埋藏着的令人恐惧的意志。其实，作为学富五车的大学士和几代老臣，他应该比谁都更清楚，朱厚照与历朝历代的病皇帝并没有本质的区别，三十一岁驾崩，原因也不外乎美女如云、肾水枯竭。既然如此，其死的只能是皮毛、血肉和五脏六腑，其魂魄肯定还在后宫里窜来窜去，乐不思蜀。否则，朱厚照怎么会视遗嘱为儿戏，钦点一个隔墙小弟继承其位子？再说，朱厚熜虽远居湖北，其品行，朱厚照不可能不知道，谁愿意引狼入室？之所以朱厚照愿意在纸片上写下"由兴献王朱祐元长子朱厚熜继承帝位"十六个字，无论是从政治家的角度，还是从采春客的角度去分析，他都希望至少在一段时间内宫室动荡，谁也无暇动一动那绝色宫妃们的一根汗毛。然而，故事的发展并非一厢情愿的，它可以戛然而止，也可以强行驱动。杨庭和与皇太后一核计，迅速地就派人把朱厚熜接到了北京，乐坏了的朱厚熜来不及拍干净满身的离斑水蜡蛾，一阵风似的就飘进了皇宫，一屁股就坐上了龙椅。风烛残年的杨庭和当时还迅速地开始做梦——他想把一生积累下来的治国韬略如数地传授给少年天子——可短短的几天时间过后，他就发现这来自旁门左道的少年并不吃他那一套。

朱厚熜掐死最后一只离斑水蜡蛾后，第一次上朝办的第一件事，就是要给他的父亲朱祐元弄一个封号，照他的想法，既然天上会掉皇冠，干吗不能掉一个皇考？得志的少年望着脚下的二百五十名老臣，像望着一朵朵黑色的云团。他知道，这些云团中肯定会炸出一条闪电：以前朝前代的实例为依据，他必须以朱厚照的父亲朱祐樘为皇考，而他的父亲只能是他的皇伯考。但他还是对众臣说：你们替朕好好核计核计。结果是二百五十名老臣中有二百二十五人几乎未做任何思考就主张朱祐元只能是皇伯考，并且人人都一副真理在手的姿态。

也就是那一天晚上，围着北京城奔跑的银狐，像荒芜的雾气一样消失了。在一本流传于云南会泽县民间的明代一个叫水嫣的宫女写的日记中，曾提到了这事。同时提到的还有朱厚熜那天夜里的表现，大意是：那天晚上，朱厚熜下令把皇宫所有的烛火都弄灭了，不准有半点光亮，使得来来往往的宫女和宦臣像鬼影一样。奇怪的是，到了午夜，整个皇城都飞满了只有湖北才有的离斑水蜡蛾，它们像潮水一样，一浪推涌着一浪，那翅膀击打空气或互相碰撞的声音，乃至碰到墙壁、柱子、假山、花树以及家什的声音，是软绵绵的，同时又仿佛千千万万个小小雷霆。水嫣的日记最后说，这些蛾子是黎明前离开的，一只不剩，也没有谁看见它们的一个尸体。另外，水嫣还犹犹豫豫地透露出了这样一个细节：第二天，有宫女去敲宫里占卜师的门，希望能从他们那儿得到谜底，但无一例外，这些可能知道蛾子召集人的人们统统被割掉了舌头，记忆全部丧失。

对那一个神秘之夜的描述，住在贵阳甲秀楼一带的一个王姓家族珍藏的一本野史中却是另一番景象：朱厚熜显然还是一个孩子，那一夜，他借着水银般的月光，并且还嫌月光不够亮，就叫人将国库中产于云南昭通一带的朱提银全都搬到了月光下，山一样的朱提银，发出比月光还迷人的光，他就借着这两种光，带领大约五百个左右的三岁孩童非常尽兴地玩了一夜磨牙比赛。那些孩童的磨牙声，"软绵绵的，同时又仿佛千千万万个小小雷霆"。

不过，不管水嫣和贵阳野史如何地描述那一夜的情景，这都是次要的，关键的是，第二天，朱厚熜掀起了一场历史上并不多见的大清洗行动。他的想法很简单，既然众爱卿都不希望朱祐元当皇考，那就让另外一些希望朱祐元当皇考的人来朕的身边团团乱转吧。对此，《御批历代通鉴辑览》一书做了记载："遂系马理等一百九十人于狱，孟春等人待罪，越数日，为首者戍边，四品以上夺俸，五品以下予杖，编修王相十六人杖死。"另有资料介绍，少年天子甫一出脚，曾有二百二十九名大臣云朵似的翻卷在左顺门前狂号怒哭，声震阙庭，忙得锦衣卫捕这不是，捕那不是。这其间之人，就有杨庭和之子、诗人杨升庵。

这位二十四岁考中状元的翰林院大才子，听说当时"撼门大哭"，且鼓动其他臣子为国"仗节死义"。

不过，朱厚熜并未对杨升庵下死手，一方面碍于杨庭和的老脸，另一方面也觉得这老史才高八斗，且艳情丽曲流布天下，让其也为之心动神摇。再加之，堂兄留下的除了江山之外，尽是天下尤物，如若因充耳的杀伐而弃之，岂不空负二八好年华？于是，少年天子朱厚熜一一将嫂子们搂入了怀中。然而，杨升庵显然没把朱厚熜的网开一面视为恩典，他更愿意爬上父亲栽下的树木之上，贪婪地摘食苦果。他自制了一把根本不能用来扫地的巨大的扫帚，无事的时候，就抱着扫（嫂）、搂着扫（嫂），在宫廷中独来独往。同为风月场上的贪睡客，但杨升庵觉得，所有的技击术理应有个法度，至少要让朱厚照那三十一岁的魂魄有一个寄存处。这游戏的结果自然很快就出来了：两次廷杖没被打死之后，诗人杨升庵在其三十六岁那年被充军到了云南保山，开始了他在云南的四十多年的流亡生涯。

二

2000 年 12 月 9 日，应邀参加小说家张庆国《乌蒙会馆的发现》一书的座谈会，我来到了会泽。根据会议组织者的安排，第一天座谈，第二天游览会泽石城，第三天去看大海梁子的草海风光。时间安排得很宽松，且两个白天之间还夹着两个任人支配的夜晚，但这一次我没有像以往开会一样服从组织者的安排，凡事都集体行动，而是一个人接过组织者递来的钥匙后就悄悄溜掉了，直奔石城，在石城旁边一个叫"翠微"的旅馆重新开了一间房。

翠微旅馆是一座典型的滇式"走马串角楼"建筑,四合五天井的布局结构,每两房相接的转角处都有一小段院墙,另开一小门,门外又有两间小耳房和院墙构成一个小天井,它们像大院正中的大天井的密室。大院房舍一律有两层,上面一层的所有房间全部由一个环形走廊串连在一起,长长的走廊,的确可以走马了。旅馆的大门由三合六扇木制格子门组成,每扇门分上下两段,上段用剔透法刻着层层镂空的仙鹤图案,下段则是浮雕花草。整个大天井中可以望见的十多面窗户关得死死的,一律的丹凤朝阳透雕图案。这样的房舍无论在过去还是在现在,都非寻常人家敢于奢望的,但现在它却到处落满了尘土。天井中所植的金银花、玉兰和海棠,本意是喻"金玉满堂",现在花坛也都崩坍了,花树也呈现出久未料理的样子,叶片枯凋,藤索萧条,且其间还密布着一圈圈蜘蛛网。在环形走廊上走了一圈,我最终决定开了间东北角的房,理由有二:那间房向东的窗户正对着石城,向北的窗户则对着著名的铜匠街。关于石城,有资料称,它建于明朝嘉靖年间,也就是朱厚熜当皇帝的那段日子。至于铜匠街,则是会泽、东川一带产铜的历史见证,现在云南所产的斑铜工艺品或者家用器具名扬天下,许多到云南旅游和公干的人皆视其为采购的最佳物品,殊不知,市面上的"斑铜"多为熟铜所制,而真正的极品产于天高皇帝远的会泽铜匠街,只有这条街上的铜匠技师们还掌握着堪称国粹的生铜制器技术。会泽产铜由来已久,其铜冶业在开采、冶炼、鼓铸和京运等方面,在清乾、嘉两朝,达到了登峰造极的地步,最高年产量达到了一千万斤以上,仅每年运往京城的额定数就为688.144万斤,所以被称为"万里京运第一城"。也正是因为如此,天下矿商皆云集会泽,湖南、湖北、江西、福建、广东、陕西、四川、贵州、江苏、云南及湖南保庆府、江西临江府和陕西左安府都在会泽设立了会馆,再加之新建和旧有的寺庙,会泽仅会馆和寺庙就达近百座。绝无仅有的"矿王庙""妈祖庙"，前者佐证了铜冶业的兴旺，后者反映出了这一座乌蒙山中的小城昔日"商贾云集"的气象。为了呈现过去的会泽的人气景观，有地方学者使用了这样的句子："十里不同俗，一巷不同音。"而那些挣了大钱的商贾们日日在各会馆唱大戏的场景，据说常常把整座县城的每一根神经都调动起来了，戏台的声学研究与建造、与自然景观和人文历史的契合无一不妙到毫巅，而每一大戏，必须从台上演到台下，再从台下演到另一戏台，直到演遍全城的每一条街道……真说不清谁是戏子谁是观众了，在最后时刻，每一出戏都在石城的鼓楼上谢幕，当戏子弯腰，往往棋盘式建构的大街小巷之上欢声雷动。这是一座怎样的城？一边是粗粝的矿石、燃烧的火焰、硬碰硬的敲击声、马帮和铜钱，另一边却是会馆、寺庙、歌舞、乡愁和一切柔软的东西……中间没有界限和过渡，戏剧在穿街走巷的过程中，从意识形态的神坛上走进了日常生活，表演的水分被拧得只剩下暖人的海绵。

诗人叶芝说过："世界上没有永恒的东西，如果有，那就是变化。"在无数死者空出来的地方，硬的或柔的精神和物质，许多已经不复存在，翠微旅馆也一样，那一天我是唯一的旅客，它的主人，只在为我登记、开房、提水时动了动身体。之后，他一直坐在一块"状元之家"的黑色横匾下打瞌睡，并发出粗浊的鼾声，任我在多个天井和环形走廊上留下一串串清晰的脚印，那响声也一直没让他睁一下眼。

为了避免不必要的麻烦，稍事休整后，我给张庆国挂了电话，告诉他请组织者不要找我。张庆国知道我喜欢独来独往，在电话中也没说什么，甚至连我住在哪儿也没问。他当然也许会以为我可能会有什么不能说出的事情要做。其实，当时我真的没什么特别的事要做，之所以要溜掉，第一，不想开会；第二，他写的那本书，我还来不及阅读，根本没有座谈的理由，他书中所写的"乌蒙会馆"，对我来说，仍还是一个谜。

打完电话，天已黑了。白天乘坐的车在乌蒙山的峰岭间颠扑了一整天，我早已累坏了，再加之不想吃饭，于是就合衣躺下了。大约睡了三四个小时，也就是晚上 11 点钟左右，我醒了过来。睁开眼，最先看到的是窗外白晃晃的一轮圆月，转个身，就看见月亮的一束白光中，房间门边的木凳上坐着旅馆的主人。我没从惊恐中回过神来，旅馆主人就说，小伙子，你一定梦见了什么，你一直在讲着梦话。我本想告诉他我梦见了朱厚照设在宫廷里的那一间裁缝店，可我还是脱口而出，你是怎么进来的？他只笑笑，然后告诉我，他姓杨，名熙照。

接下来的一切就变得不可思议了。杨熙照谈起明朝宫廷的逸事，简直口若悬河。对那个既迷醉于房事又酷爱裁缝的正德皇帝朱厚照，杨熙照可以说是了如指掌，颁式于明初洪武年间的职官服，是杨熙照关于裁缝皇帝这一话题的切入口。他说，这套服装最令人荡气回肠的是，它在胸前和背后各饰缀了一方补子，文官绣禽，武官绣兽。公、侯、驸马、伯，绣麒麟和白泽；文官一品是仙鹤；二品是锦鸡，三品是孔雀，四品是云雁，五品是白鹇，六品是鹭鸶，七品是鸂鶒，八品是黄鹂，九品是鹌鹑，杂职是练鹊；法官（当时称风宪官）是獬豸；武官一二品是狮子，三四品是虎豹，五品是熊罴，六七品是彪，八品是犀牛，九品是海马。杨熙照边讲边用手指在地板的灰尘上写着这些禽兽的名字，疑难的，还加了汉语拼音，在整个叙述中，他显然对朱厚照对服装的改良充满了狂热的好感和向往。朱厚照破除繁杂的禽兽图案，让众臣无论等级乃至宦官都统一穿上由其制作的斗牛服和飞鱼服，这都不让杨熙照激动，让他激动的是，这皇帝爷为嫔妃们设计的那些服装，一律苏州薄纱长裙，乳房和阴部处全为饰以流苏的窟窿，在其驾崩前夕，也就是朱厚熜继位的前两年，更是让嫔妃们穿上了紧身但又在关键部位处理出撕裂效果的短裙子……在杨熙照的眼中，这充分折射出了享乐主义时代最令人迷失的精髓，巴黎、米兰的时装只能望其项背。说到最后，对朱厚熜于嘉靖十六年严禁斗牛、飞鱼服，而只准其嫂子们继续穿"时装"的做法，杨熙照果断地用脚抹去了地板尘土上的字迹，一脸的义愤。

我一度以为旅馆主人杨熙照的突然来访，仅仅是一个孤独老头在打够了瞌睡之后，被倾诉的愿望所驱动而采取的一次非常理行为，可接下来发生的事情却证明，我是错的。当然如果我拒绝与他站在东边的窗口边，眺望月光下空寥的石城，并且不要充满喟叹和好奇，那么一切也就不会发生。顶多，我只会与他在他预办好的酒桌边一醉到天亮。

三

在去会泽之前，我曾在一张报纸上读到过一篇介绍古币的文章。该文称，世界上最大的古币"嘉靖通宝"直径57.8厘米，穿径10.24厘米，有内、外廓，外廓宽3.5厘米，厚3.7厘米；币重41.5千克。该币由金、银、铜、铁、铝和锌6种金属铸成。但目前由于金的熔点高，以原状散落其他5种金属之中了。有意思的是，该文还称，此币含金量极高，达5.073%，等于2105.3克，折合明朝衡制35.28两（明朝的一两等于现在的59.68克），象征诗人杨升庵被朱厚熜贬弃云南时刚好三十五岁多，虚岁三十六岁；而整个古币重43.46斤（旧秤），象征的也是诗人杨升庵四十三年多的流亡时光，至于该币的外缘过心（16厘米），内缘过心（15厘米），内外缘过心相加（31厘米），内缘周长（45厘米）和内缘周长加内缘过心（60厘米）的基本数据，即16、15、31、45、和60，分别象征正德十六年，朱厚照去世，享年三十一岁，同年，朱厚熜继位，时年十五岁，在位四十五年，享年六十岁……

技术王朝时代的制币术，现在看来只能算是巨大的车床上面，连下岗职工也不屑于谈论的雕虫小技，但它为冷冰冰的数据所赋予的想象力，体现出来的却是大地最初的美学准则和价值观。这种每一道工序和每一个部位都楔入人的血肉史的工艺，现在，在流行只搞倒计时钟、脸谱邮票、广告炒作的时代，真的闻所未闻了，失传了。整个巨币最关键的表象部位全都是少年皇帝的吉时物化，是其权势的无边界，是其金灿灿的疆土，诗人杨升庵蛰伏于暗中，像大地之中的 2105.3 克金子，其流亡云南的 43.3 年像金子一样闪着光。关于这枚巨币，杨熙照非常肯定地说，制作此币的工匠，就是铜匠街那一些斑铜技师的祖先，不然，此币也就不会一直秘密地在会泽的民间被人搬来搬去，并最终于 1950 年 4 月被一个名叫土荣的军代表气喘如牛地抬进了会泽铅锌矿档案室，秘藏至今。杨熙照讲，他曾多次恳请有关方面的人们让他看看、摸摸这枚巨币，有两次甚至跪到了地上，泪流满面，但都碰了一鼻子灰，他所见到的，是近来人们为了搞旅游而弄出来的一枚复制品。但他说，那是假的，他没摸。

杨熙照渴望看到"嘉靖通宝"，与许多古币收藏家相比，是另一种情怀，甚至可以说是一种长时间的隐忍所衍生出来的癫狂。那天晚上，看着月光下的石城，我看见的是石城方形的轮廓、微白房顶、偏黑的墙壁以及棋盘似的巷道，那些沉沦于暗处的秘道、具体的石柱、裂痕以及任何实物上可能存在的细节，我根本没法看见。因此，我脱口就说："这石城就像一个冷漠的巢穴，昆虫搬迁了，所以它空着。也许一块块石片下面，还能翻出些昆虫腐朽的小身体。"这样的喟叹在其他场合，针对其他废墟，向其他人说，都是废话，但在杨熙照听来，味道就全变了，我甚至觉察到了他身体的抖动。他一把抓住我，什么也不讲，就鸟一样往门外窜。他带我去丈量石城！

那一夜，我和杨熙照像两个鬼影，在石城中不停地忙乱，直到天空泛白，朝霞满天。累得我抱着皮尺就在一个城墙的垛口下沉沉睡去，而杨熙照则坐在鼓楼上整理和测算着关于石城的数据。以下就是他后来提供给我的资料：会泽石城，始建于清雍正九年四月十二日，竣工于十年十月十八日，历时1.16年，该城东西长214.6丈，南北长126丈，方圆712.3丈。城墙高1.2丈，宽1.2丈，垛口1372个，炮台8座，城门东南西北各一，名"绥宁""丰昌""藩甸"和"罗乌"，四门均有二层鼓楼。石城内有房舍648间，有街道9条，呈"井"状，道旁都是商铺，计448个，均为粮行、油行、糖行、轿行、花生行、丝绸铺、银器铺、香火铺、马鞍铺、铃铛铺、典当铺、斑铜铺、棺材铺、刀械铺、稻草铺、酒水铺、戏妆铺、女红铺、文具铺……以其规模测算，用工37万，耗银31425两。在清代，此为滇东北唯一的由政府投资兴建的商贸城，每日到此购物的马帮九百驮，商贾和贩夫走卒两千人左右。每日从城中可拾马粪一千八百斤，周边农户的厕所须每日清理。城外玉花楼、醉春院、怡春庄和消愁寨等销魂乡客满为患；翠微、乌蒙、三逸、昭通等大型旅栈日日爆满；太白、朱雀、醉归和铜都等酒楼拳令不断……

第二天傍晚，我终于坐在了杨熙照的酒桌边，酒过三巡，我便指着"状元之家"的横匾问杨熙照，哪一个状元是他的祖先，是不是诗人杨升庵？杨熙照没有回答。他转身进里屋，一阵开锁、搜寻的声音响过后，出门来，便递给我一本小册子。这本小册子的封面是用羊肚皮制成的，上面还有着两只被磨平了的羊奶子，褐色乳头微皱，依然柔软。他让我看到了小册子中的一句话："制币七十三枚，一枚镇库，其余填之于城中，以状元之魂护城。"其余的文字，均为制币秘技记录，在某页的边角有一行批注："先祖杨升庵享年七十三载，制七十三币，想必是以此为纪念。"

四

在翠微旅馆我住了两个晚上。第三天，甚至没跟杨熙照打声招呼就走掉了。当时他一如既往地坐在"状元之家"的横匾下打瞌睡。与张庆国会合后，我们取道东川返回昆明。在车上，我跟张庆国谈起了翠微旅馆和杨熙照，张庆国认定我是在痴人说梦。他的理由有四点，第一，翠微旅馆在 1944 年的一场匪患中被烧成了灰烬；第二，"嘉靖通宝"铸于明隆庆年间，而会泽石城建于清雍正九年，两者风马牛不相及；第三，杨升庵虽说少年时风流倜傥，在京城做官时还与一个工诗文、擅词曲的女子黄娥过从甚密，但被贬云南后却尽与诸如唐大来这样的和尚往来，怀疑杨熙照是杨升庵之后缺少足够的依据；第四，杨升庵被贬之地是云南保山，此地乃会泽，中间隔着无数的山峰，绝不会成为其安乐窝……面对诸多正史资料我无言以对，一个个待解的谜团在时间史中依然耸立着。

那天返回昆明，车到大海梁子时，滇东北 2000 年的第一场大雪便封住了任何一条出山的道路。我们不得不停下来，住进了路边的一个小客栈，且一住又是三天。我们无所事事，三个白天，几乎都站在小客栈的门外眺望四周被雪染白了的群山和峡谷；三个夜晚，除了睡眠外，都围着火炉与客栈主人聊天。客栈的主人生于民国初年，须发全都白了。早年他曾是滇川道上的一个赶马人，驮铜下四川，驮盐上云南，风风雨雨几十年。说起会泽石城，他如数家珍。在他的记忆中，这座石城在 1936 年和 1944 年曾两度荒废。1936 年春天，石城荒废于银狐。千千万万只银狐，像大雪一样把石城塞得水泄不通，满城的狐臭一月才散：1944年石城荒废于离斑水蜡蛾，这种只有湖北才有的昆虫，是从湖北会馆的戏台下飞出来的，它们先是遮蔽了天空，然后才像一张彩色的巨毯一样落下来……当时，翠微旅馆的主人曾把全城居民召集在一起，动员大家用火驱赶蛾子，烧蛾的声音像炒蚕豆一样噼噼啪啪地响了半个月，但一切都无济于事，任何一只蛾子，都像彝人的铜鼓一样，一只，迅速地会变成一万只。因此，最后被烧掉的，不是蛾子，而是类似于消愁寨、翠微旅馆等连片的房舍。

我知道，这样的故事对我很重要，但那时，我已经对有关石城以及杨升庵、朱厚熜等人的种种资料和传说失去了兴致。死去的人所缔造或经历的一切，让死去的人活过来，重新开口说话，也难免虚妄，何况旁观者或后来人？因此，我一直似是而非地听着，不想再在类似的猜谜活动中绕圈子。回到昆明后，我写了一首名叫《从东川方向看大海梁子》的诗，全诗只有十四行，现不妨抄录于后：

> 它从底部，海拔五百米左右的地方
> 开始撕裂，露出白颜色的岩石
> 数不清的裂口，一直向上
> 停在海拔四千米左右的地方
> 那儿有白颜色的云朵
> 旁边稍矮的斜坡上
> 到处是残雪。它暴烈的奔跑
> 猛然一个急停，竟然没有惯性
> 竟然还能把石头的力量牢牢地控制
> 为此，在当天的日记里，我写道：
> "……这可能是静止在哗变，

但它是有序的，只把愤怒
体现在脸上，像一个癫狂的巨人
认真地，培育着体内的毒素。"

昆明西郊的一道金属大门

　　远远地看见那道大门，一道锈迹斑斑的大门。一年多时间来，我对锈迹总是满怀激情，这种激情来自我身体的哪一个部位连我自己也弄不清楚。当医生的朋友张精神说我是一个对身体缺少研究的人，他送过我一把崭新的解剖刀，那一种锋利我见所未见，《水浒传》里的杨志在卖刀时，把头发吹向刀口，头发就断了，是我间接的对刀锋的认识。张精神送我的解剖刀，因为我住的小屋的门外三米远的地方是个垃圾场，苍蝇很多，有一天下午，我觉得自己非常无趣，福克纳的《圣殿》读不下去，约翰·赫伊津哈的《游戏的人》也读不下去，就把解剖刀用一根红线拴了，吊在门洞上。然后泡了一大杯茶，坐在沙发上看刀。

　　那是一个寂静的下午。邻居家那个热爱刷牙的孩子又在走道上走来走去，不停地刷牙，他刷牙的声音，在寂静中显得声势浩大，总让我想起小时候在乡间的秧田里捉鳝鱼。很小的洞，先用手掏，掏出嘴巴大小的样，才用脚拼命地来回抽动，像做爱似的。泡沫和泥浆，在脚掌抽动的时候，总会溅满捉鳝者的身体。有时是鳝鱼从洞的另一边出来，有时是蛇。小时候的乡村生活，还有大部分时间是在村边的河流上度过，那是一条已被彻底污染了的河流，现在，只要把脚伸进去，再提起来，脚就黑了。以前稍好一些，洁白的沙滩上，偶尔有避孕套和牙刷，捡来的避孕套，有的已经破损，没破损的，就被我们当作气球，吹大了，用线扎好，在乡村的风里飘动。而牙刷，大人们总是说，那是城里人刷屁股眼用的，很脏，因此谁也不会捡起。然而，那时候，我总为这种我迄今见到的最小的一种刷子感到费解，如此漂亮的刷子，怎么会与屁股眼有关？乡下人与城里人总有一种天生的对立，到了我读高中，有望成为城里人的时候，我的一个大爷还跟我讲：以后做了城里人，讨媳妇还是要到乡下来，乡下的姑娘是真的，城里的姑娘早就跟男人干过了。那时候，我真的相信牙刷与屁股眼有关，我也真信城里的姑娘小小年纪就干过男女之事。

那个下午，我一直看着刀。阳光从垃圾场的那边照射过来，把拴刀的红线照得更红，坐在沙发上，我能充分地利用光线清清楚楚地看见红线周围的细线绒，它们的根扎在红线里，在若有若无的风中飘动着身子。它们非常暧昧，柔若无骨，有些像我们城市的街边，那些霓虹灯下站着的女人，眼里有欲望，体内有病菌，身体摇动着，阳光照着刀，刀锋正好朝着光来的方向，于是我就看见了一种在阳光下没有阴影的东西：刀。阳光到达刀，就消失了。多么薄的刀，张精神剖人的刀，救命的刀，我的玩具。这刀就这样吊在门洞中央，大约到了天快黑的时候，垃圾场的苍蝇开始寻找休息的地方，它们纷纷涌向我的门洞，这时，我看见在苍蝇穿越门洞的瞬息，有的纷纷下坠。它们撞击在了刀上，死了。如果卖刀的杨志见到这景，他还卖刀么？那天晚上，我给张精神打了一个电话，我说：张精神，你的刀我不能要。张精神已经睡了，被电话吵醒后，就听见了我的气急败坏的声音。他说：再说吧，我今天给两个病人开膛，太累了。我说：不行，今晚你必须把你的刀拿走。张精神说：那好，明天，明天我给你一把更好的，行吗？他没听我讲，挂了电话。

第二天，我看见那把吊在我的门洞的刀的锋刃上，沾着许多污迹，像锈。这意外的污迹，有着黑夜的质地，依着刀锋，是杀戮的近邻。它让我想起昆明西郊的一道金属大门，抹掉或者掀开，金属冰冷的本质就会原形毕露，血就会流动，死亡就会来临。第一次看见那道金属大门，大约是三年前的秋天，它立在一个石头涌动的山冈上，死死地关闭着，一把大锁，长时间没有动过的样子。门上，在斑驳的锈块中间有一行字："你是谁，你来这里干什么？"在怒放的锈块里，字是开裂的，深深地嵌着，又显得摇摇欲坠。在一些已经落在地上的锈块上，可以看见某些字细小的笔画中的零头，它们是锈块的组成部分，字意已经丧失，犹如锈块周围那些被蚂蚁丢弃了的小腿，蚂蚁的身份已经被彻底地改变。那是一个秋天的黄昏，山冈上的风以其寡妇般的面容，在沟壑间驱赶着金黄色的树叶，这最后的欲望，这金黄色的树叶，在山冈上无枝可依。我站在金属大门的下面，仰望大门，像仰望我祖父那威严、高大、冷酷而又死去了的身影，它空了，可我仍无法逾越，找不到深入进去的缝隙。祖父弥留之际已经神志不清，他喋喋不休地说着一种鸟，一种靠啄食锈块而生存的鸟。祖父的话是谵语，但祖父一生确实用铁打造了无数只类似于谷雀一样的鸟，生了锈，摆满了床底，谁也不准动。金属大门下面的锈块，因为左右墙壁的卫护，风吹不到，却有被翻动的痕迹，使我想起了祖父的那些铁鸟。天黑以后，我坐在金属大门的下面，像一块锈，等着鸟儿来临。那是个巨大而漆黑的夜晚，只有期盼中的鸟，像一盏灯，照着我。寒意来临的时候，我就站起来，发疯似的用脚踢打金属大门，我希望能听见一阵轰轰隆隆的声音，但只有几声沉闷的缥缈的我的肉的声响，另外就是锈块，在黑色中飘向地面，它们带着另一批字的笔画，从疲乏之外往黑处落，从牢固的地方落向毫无意义的自由之所，落满我的四周。它们没有气味，没有喘息，作为铁的分析物，神秘而又自然地向我靠近，并最终犹如怀着梦想的鸟紧密地依附着我。像尘土飞扬进眼眶。像刀锋深入骨肉。像流水遮掩河床。我成为锈块中的一个，冰冷，丧失了人的意义乃至人的基本特征，在秋天的夜晚停止于昆明西郊的一道金属大门的下面。我被自己的激情和期待所消解，我被过去了的时间所收留，是一块锈，从门上掉下来，带着人的某些偏旁部首，以锈的形式存在。

月亮升起来。月亮，一只闪光的鸟，它升起来，它的亮度、遥远的温暖以及它的气息，在秋天的晚上，使天空变薄，使我所处的山冈所代表的大地变轻。我看见了山冈之外的群山，看见了颓废的桉树和金属大门以及大门上的字。还没有被节令杀死的昆虫出现在空中，它们的小翅膀仿佛初春少女的情欲，在辽阔的月光中细微而羞涩地闪动。黑色的泥土和石头也没有了轮廓和动感。与月亮一起走来的秋风，它坐在高处，命令泥土、石头、树木、昆虫、群山以及黑夜本身，一起说话，它还轻松地让金属大门张开了嘴。它们在我停止的地方发出不同的声响，好比无数的土人聚在一块儿同时开口说着自己的母语，用声音透露着自己的力量、意志和境界，用体态传达着自己的哭、笑、恼怒和忘乎所以，它们是用单一组合而成的一个没有关联的群体，靠月光和秋风的线索，砌筑为一个有关生命的寓言，一个断裂的寓言，深深的缝口中埋藏着各自的国度、村庄和温床。而我，只是这世界的旁观者，只是这狂欢仪典上的不速之客，只是俗世里走来的线人。它们的声音绵绵不绝，泥土在敲击怀中的白骨；树木在折断自己的手臂；石头在且歌且舞；昆虫，这秋天的宝贝，它们在空中表演做爱，并把风声当作喘息；远处的群山，它们在呐喊，通过山谷的通道，把泪水送走；而黑夜本身则在撕扯着自己，它从支离破碎中体验整体灭亡的快感。……我蜷缩在金属大门的下面，用铁块堆起了一道线墙，我想与世界分开。然而，世界一步步向我逼近，像我倒塌的意志不可抗拒地压向我的心脏……它们围着我，邀我发言。

它们邀我说出自己想说的话，它们邀我讲些它们想听的话。我一寸寸后移，脊梁抵着金属大门，我怕，我怕这向我涌来的一切，然而，我已经无路可退，我的身后就是金属大门，在金属大门和我之间，风已经不能穿过，那些刚才还会奔跑的蚂蚁已因我的后撤而被挤成了肉泥，只有我的恐惧正源源不断地向金属中绝望地挺进。我怕。然而所有的声音已经开始进入我的皮肤，进入我的血液和骨头，在我的心腔内纠集：石头跳舞，泥土敲骨，树木折臂，群山呐喊，昆虫做爱……它们，最终还占有了我的恐惧，那贴在金属大门上的我已经是夜的笔画。

我最终一句话也没有说出。作为黑夜遗弃在金属大门下的孩子，当曙光来临的时候，我依然是那样的渺小和脆弱，由夜所派生，又成了夜的一个组成部分。我知道我不是被黑夜所胁迫，而是被黑夜里的物种所胁迫，是被我所理解的物种所胁迫，或说我是被我自己的禀性所胁迫，我被胁迫的过程就是我丧失力量和梦想的过程。梦想曾支撑着我，在世界上游荡，追逐爱情，浪漫地歌唱和充满信心地工作；力量则调整着我生命的内部节奏，是我与生活对峙并支配生活的源头和依靠。太阳升起来，把金属大门烘热，从门边我挪动麻木的身躯，看着那条下山的小路，再看那门上的字迹，我泪流满面。为此，我曾跟张精神讲过，我当时再没有信心凝视脚边的锈块，那一条锈块垒起的线墙，在山冈上面，只有一缕阳光那样厚，风一吹，就坍塌了。张精神说，一个绝望的人，就算拥有一座铜墙铁壁的城堡，也无法抵挡一只蜻蜓的进攻。一个人，在一夜之间，他总能替自己挖掘一万个陷阱。而一道山冈上的金属大门，在我从未看见它之前，我又的确听到过它开启的声音，听见过它的呼喊以及它那停止于时光中的秘密的呻吟，我甚至无数次地看见过那些锈块，它们色彩艳丽，像黄昏时刻飘动在玫瑰丛中的蝴蝶。两扇门，两叶河流上舒缓行进的船，没有人乘坐，却有着明确的航向，明确的停泊码头以及准确的启航时刻。我不知道谁在操纵着它，无数次地来到我的身边，然而，当我真实地出现在它的面前，我却成了寓言中的逃逸者，充当着事件的看客，事件的结果和事件的牺牲。两扇门，一把锁，固定而封闭。

三年之后的秋天，我坐在自己的屋子里，看着解剖刀上的污迹，我再一次给张精神打电话，我想说，张精神，请把你的刀拿走，可接电话的人说，张精神死了，就是刚才环城路上的那起车祸。接电话的人是个女子，当她正滔滔不绝地向我描述张精神的血如何如何地溅红了许多辆从环城路经过的自行车轮子，我挂断了电话。我不知她说的环城路是哪一条，我所在的城市东西南北四个方向都有一环、二环路，三环路正在建设之中。我从西面的环城路开始寻找，我必须找到张精神死亡的地方。两天时间，我跑遍了环城路，没有找到一个与张精神死亡有关的地点，而与死亡有关的地点则到处都是。每到一处，我都向人打探，人们的回答都是结论：刚才才死了一个。然后就是有关血、脑浆等的描述。我无法确定被描述的死亡者中，究竟谁是张精神，便给张精神的单位挂了个电话，接电话人称，死在哪儿并不重要，重要的是制造死亡的那辆汽车现在还没有找到，只是听说是一辆日本产的小轿车。最后接话人说，孤儿张精神，他的骨灰没人领。放下电话，看着车流汹涌的大街，我的心情坏透了，脱口骂了句，我操，我操他妈的汽车。并下定决心，一定要从这车流中抓出那辆置张精神于死地的车来。到车管所，工作人员对我讲，日本产的轿车，在我们这个城市有近二十万辆，包括外地流动的，就更多。

寻找肇事汽车。寻找杀死张精神的轮子。寻找肇事汽车。寻找杀死张精神的轮子。寻找肇事汽车。寻找杀死张精神的轮子。寻找肇事

汽车。寻找杀死张精神的轮子。寻找肇事汽车。寻找杀死张精神的轮
子。寻找肇事汽车。寻找杀死张精神的轮子。寻找肇事汽车。寻找杀
死张精神的轮子。寻找肇事汽车。寻找杀死张精神的轮子。寻找肇事
汽车。寻找杀死张精神的轮子。寻找肇事汽车。寻找杀死张精神的轮
子。寻找肇事汽车。寻找杀死张精神的轮子。寻找肇事汽车。寻找杀
死张精神的轮子。寻找肇事汽车。寻找杀死张精神的轮子。寻找肇事
汽车。寻找杀死张精神的轮子。寻找肇事汽车。寻找杀死张精神的轮
子。寻找那一辆日本产的汽车，它从张精神的骨肉间飞驰而过，张精
神的血像喷泉一样向四周喷出，溅红了从那里经过的很多辆自行车轮
子。两个月后，冬天已经布满了我们的每一个角落，我的寻找依然一
无所获。跑到张精神的单位，抱回了张精神的骨灰盒，这一个以解剖
人体为乐的人，他被汽车解剖之后，剩下的只有一撮白灰，轻飘飘
的，所谓重量，来自于漂亮的盒子，所谓质量，只剩下没有答案的冤
屈。而这些，都出自我的思维，他只是一撮灰，与草芥和香尘没有什
么区别。

　　抱着张精神，我再次来到了昆明西郊的那一座山冈上的金属大门
前。挖了个坑，埋了张精神，抬头看金属大门，门上的字仍然清晰：
"你是谁，你来这里干什么？"之后，整理张精神的遗物，在他的枕头
下，找出了十多把崭新的解剖刀，用一个牛皮纸袋装着，我想，他本
来是想送给我的，但现在，只能是他的遗物。

昆明游戏

从我所栖息的阁楼去那座无人的山中小寺大约只需要一百年时间。这时间短得令我不敢相信，在未来的玫瑰铺张着的某些街道上，照例有许多被叫作"马"的动物，从地上爬到树上，玩上三年五载，又才从树上跳下来，顺着忧伤的盘龙江寻找透明的泉水喝。

以前，我非常乐意坐在下班后的办公室里，守着电话机，希望这家伙毫无希望地响起来，像唱催眠曲一样，把我领到一个陌生的地方去，比如那座山中小寺。像那种小寺，据一本很不权威的红色封皮的书统计，在昭通的一条山沟里竟然多达六十多座，并且所有寺中的泥塑全出自一位姓常的普通窑人。每一个泥塑上都还能清楚地看见这位常姓窑人的手掌印，天尘地尘结合得很通俗。那些小寺的住持逃走的年代据说是在二百年前，现在看管它们的只有一个清末的小秀才。他姓常，是窑人的后裔，已经一百多岁，头发白得像岭上的雪。上山砍柴的人在1976年左右，还经常看见他坐在流水边读书，或者在一蓬野山茶的花影里舞剑。隔着几十年的时光，我经常渴望像他一样的生活。

因此在前年冬天，我和一个热衷于佛画的朋友踏上了寻找那条山沟的旅程。我们背着一大坛子酒，冒着纷纷扬扬的雪花，风餐露宿，尝尽了文明时代的皮肉之苦，阅尽群山，可还是一无所获。这中间我们曾雇用了几十个说起来头头是道，找起来又茫然不知的当地人。当然，我们对我们的向导都曾经去过那条山沟这一点是深信不疑的。否则，我们就会对他们在大山也生活得暴跳如雷的地方依然生活得和平美满的意志产生怀疑。

那之后，我明白自己在澄明与恍惚之间已经越陷越深，常常一个人很戆地在昆明的街道上急急奔走。即使回到自己的阁楼中，我也总要将所有与我有关的窗口打开，站在窗前，分析着每一条街道的走向和玄机，老想着这与小寺无关的世象中一定藏着我要的缘。也许就是一扇门在秋风中打开，一堵墙在阳光下忽然落下一点石灰，一张脸瞬息的表情幻化——就能让我开窍?!

有一天，我曾经在书林街一带的老塔旁神秘地睡去。太阳的光刚刚照亮远处高楼的顶子，按一位诗人的话说，那时候正好是"迷路的情侣回家的时候"。清晨。风有些凉。卖花人刚刚出现。确切地说，我在昆明的街头游荡了一个夜晚，见到老塔的时候，我并没有因为墓的感觉而拒绝梦的归宿。多么严肃而又荒唐，宛若一种有规则的游戏。

虎　吼

　　入冬后，大雪就没有停过，感觉天空里的奶粉厂、盐矿厂和面粉厂，全都打开了仓库的大门，愤怒地向人间倾倒着经济危机时代的积压产品。天空之上的过剩物资，对素来饥寒得高耸着巨石般灰色骨头的乌蒙山来说，足以满足另一种幻象的奶粉、盐和面粉，完全可以在萧瑟的梦境中变成求之不得的实物。人们从用来逃避饥饿的睡眠中翻身爬起，赤着脚，兴冲冲地就跑到了一座座千仞绝壁之上，打开久握的拳头，双掌从空中抓来一把把白雪，狠狠地往自己嘴巴里塞。边塞，边叫，脸上热泪滚滚。

　　松树镇后山最高的那座山峰，名叫打虎峰。自从这个山中小镇建立以来，每逢世上发生大事，乌蒙山里所有的老虎都会嘴巴上叼着一只羊羔赶到这座山峰上来，聚在一起，吃完鲜嫩的羊羔肉，然后就对着小镇发出轰天炸地的雷霆之吼。吼声经久不息，让小镇上的人如临末日审判，以一家人为单位，彼此攥着对方的头发，死死地抱在一块儿。那些鳏夫和未亡人，无人可抱，就每人抱着石水缸，剧烈地发抖，让水缸里的水泛起阵阵波纹。听见虎吼声，也有人撇下家人，拉开门，箭一样射向距小镇两公里的墓地，跪在某块墓碑下，磕头，哀求，希望在天之灵能伸出一双救人的巨掌，或从天上伸来一把把闪光的金楼梯。由于小镇建在了群山的腹心，四周就有很多溪流顺山而下，在小镇的一个个角落汇聚成池塘。平时，这些池塘明亮如镜，周边长满了青草和人们种植的果树，男人在里面养鱼，女人在里面洗菜或者洗衣服，夏天，孩子们则在里面嬉水。遇上干旱，人们就取池塘的水去救急，甚至可以将池塘的水灌满一个个巨大的塑料桶，用牛车拉了，去无水的山中出售，换一点买盐的钱。总之，它们带给小镇的全是好处，没有坏处。小镇上的人，翻山越岭到世界上去闯荡，变成了显贵或乞丐，谈起故里，鲜有人赞美高山，赞美打虎峰，但言及这一汪汪池塘，人人心里均会顿时涌出无尽的眷恋。然而，这些池塘，在那些经历过虎吼的人心里，一旦想起它们，眼底立马就会浮起一具具浮尸，它们的积水从山上流下来，仿佛承担了另外的使命。据说，当虎吼声传来，小镇上的一些外来人耳朵里就会接收到一道命令："请你跳进池塘去藏身，快，快点！"虎吼声消失后，这些跳进池塘的人，当他们从池塘下面漂起来，他们已经把自己彻底交付给了池塘，没有一个湿漉漉地爬回到岸上。

下雪的时候，杀人凶手刘庄文就站在打虎峰上。他表情古怪地望着其他山峦上往空中抓雪狂嚼的人，嘴巴上叼着一支香烟，双手上的鲜血还没洗。把烟抽完，吐尽一团团白雾，照理说，刘庆文应该抬起血淋淋的右手，从嘴巴上摘下烟头，用食指将烟头弹向雪花飞舞的空中，接下来再用脚边上的积雪擦洗手上的鲜血。可刘庆文没有这么做，他懒得抬起右手，而是舌头一顶，一口粗气就把烟头吐向了松树镇方向的空中。随后，他蹲了下来，刻意让目光变得柔和一些，带着讥讽的微笑，用右手轻轻地扫着已经僵硬了的张佑太身上的积雪。积雪与鲜血凝结在了一起，他从旁边的雪堆里找出了匕首，用匕首尖将一块块红雪挑起来，再一块一块地甩开。匕首尖挑到张佑太衬衣上的金属纽扣时，发出了轻微的响声，他干脆手臂微微上抬，手中的匕首垂直向上，轻轻一拉，张佑太的衫衣就被划开了，再用匕首尖左右一挑，衬衣和衬衣上的积雪倒向了身体的两边，淡粉色的胸脯就露了出来，血液还没有彻底凝结的创口也露了出来，奶粉、盐巴、面粉纷纷落在了上面。此刻，刘庆文也才收回脸上的表情，双手和双腿张开，茫然地向后倒向雪地，身体即将触地的一瞬，右手向内一收，把匕首深深插入自己的心脏，然后又迅速拔出，扔在了雪地上。他的身体与张佑太组成了一个天字形。

这一场大雪下到了腊月初才停住。天空也空了，再没有多余的素材可供乌蒙山里的人们培育想象力。人们肚腹里装满积雪，似乎也不想继续跑到绝壁上去手舞足蹈，特别是当这些积雪让他们领受到了一种内在的冰冷的时候，他们反而开始向往头顶上那高悬着艳阳的天空，希望这梦境里的食物尽快排出体外，代之某种能够满足新一轮幻觉的崭新填充物。新一轮的幻觉大抵也是古老的幻觉，不会有什么新花样，无非仍然是布匹、火焰、食品和麻药等等俗常之物的影子，可那"崭新的填充物"属于未知，人们真不知道会是什么东西。好吧，既然不知道，并且不知道什么稀罕物才能解决自己的实际问题，那就不用挖空心思去乱想象了。人们因此进入了新一轮的梦境中，用新生的没有杂质的逃避之法，应对着时光的流逝和意念的反复涅槃。能活命于意念中的人真是有福了，一个崇拜老虎的人，某天中午进入了松树镇，当他看到镇上关门闭户，人人都蜷缩在被窝里等待内心的冰雪融化，忍不住大加赞叹，把松树镇的寂静归类为墓地的寂静。他说的墓地，是新修的无边无际的却又没有死者入主的墓地："世界如此喧闹，只有松树镇是寂静的，死一般的寂静。"这个拜虎人其实没有夸夸其谈，也没有故意煽情，松树镇确实非常的反常，小街上一个人影也看不到，更不可能有人交头接耳，谈论着打虎峰上的凶杀案。整个冬月，人们都足不出户，谁也不可能去攀登打虎峰，自然也就不会有人知道打虎峰上的积雪下面卧着两具尸体。所以，当这个以老虎为图腾的人，跌跌撞撞，下了打虎峰，在空荡荡的街道上，边跑边喊"杀人喽，杀人喽"的时候，小镇上的人们才知道老虎怒吼的山顶上，一个人被另一个人杀了，杀人的人又把自己杀了。第二天，有关机构的人在出过现场后，组织群众把两具尸体抬下山来，分别交还给他们的亲属，人们才纷纷移动自己冷飕飕的身体，走到街头，或摇摇头叹一口气，或外表麻木不仁五内则生出些奇思乱想，或从衣袋里掏出手机，把刘庆文和张佑太的手机号码删除了。"我以为打虎峰上，肯定有老虎的魂魄在游荡，难说还会有老虎血染红的石壁，没想到气喘吁吁地爬上去，上面竟然……"崇拜老虎的人，逢人就高声喧哗，一副非将小镇从寂静中拖出来的架势。人们普遍都不迎合他，相反把他当成一个报送死讯的人，觉得他的身上夹杂着地狱的湿气。刘奇文的父亲年轻时曾经是松树镇上出了名的猎人，虎豹出没的那些年，出任过"乌蒙山猎虎总队"下属的一个分队长，伏虎、猎豹、杀狼，风头无二，家里的虎骨酒摆满了宽大的供桌，听说现在的床底下都还存放着一罐子。这个人在耳朵边上大声嚷嚷的次数多了，终于在葬礼上猛然绷直驼背了的腰身，用混浊又不失凌厉的目光逼视着他："你有着一副老虎一样的嗓门，上了打虎峰，为什么在上面时不对着松树镇大吼几声？"只字不提带来死讯的事儿，无意撂下眉毛底下一个凶手父亲所承担着的精神压力，但又巧妙地以挖苦人的方式把人们关注的话题分了个岔儿出来，同时，也是最有意味的，这个猎虎队的分队长，表面上虚晃一枪，实际上十分隐蔽地就把那个大声嚷嚷的人引上了一条重登打虎峰的小路。穿插着参加完两个同时举行的葬礼，回到只有他一个人住宿的春山旅社，崇拜老虎的人回想起猎虎队分队长的话，总觉得这话里分明在暗黑的夜幕中给自己递过来了一道闪电，闪电的光瞬息即逝，但又是真实存在的，闪现在某条登山之路的尽头。是啊，那天去登打虎峰，如果上面不是一个凶杀案现场，自己会不会像老虎那样吼上一嗓子呢？一旦吼了，又会怎样呢？他越想越是觉得这个气氛诡异的松树镇，它不但有意抽走了某些惊心动魄的客观存在于人们生活中的黑夜，而且它还将幻象与现实世界搅和在了一起，并且明显地把真相推向了幻象的一边。

在同一天，两场葬礼同时举行。一支送葬的队伍往小街的北面缓缓移动，另一支则往南移动。小镇上的人们坚持了他们古老的习俗，没有空中翻飞的纸幡和纸钱，也没有鞭炮和香烛开辟死者的超生之路，在众花寂灭的腊月，他们几乎砍光了山坡上刚刚引种不久的冬樱花树，一人扛着一棵，把整条小街装扮得极其凄美、妖娆。"持美而殀，何其绝美！失我心骨，何其空茫……"低沉而灿烂的送丧歌，也似镶了金边的乌云浮动在只有几米高的空中。见识到这样的场景，那个崇拜老虎的人一再对自己说，这是多么的务虚啊，几次想扔下分发给他扛着的那棵冬樱花，让自己以外来人的身份呼天抢地的为两个年轻人痛哭一场。可就在这个时候，他的耳朵里仿佛响起了一个声音："请你安静一点，这冬樱花的海洋里最适合你藏身！"声音与虎吼时诱引外来人朝着池塘里跳的声音是一样的，他自然不知道，但他服从了，关上了自己令人讨厌的大嗓门。神秘的声音让他闭上了嘴巴，接下来胡吃海喝的丧宴带给他的印象一度又让他差点失控，幸好他早早地回了旅社。多么匪夷所思，落雪时，人们还爬上一座座山峦和绝壁去抓飞雪果腹，这时候，人们几乎杀光了小镇上所有的畜生和家禽，几百张餐桌上肉食堆积如山，满眼全是张开的大嘴和雪白的牙齿，嚼肉啃骨的声音就像有一群恶虎在撕吃爪下的羊羔……是的，两席丧宴把人们从幻觉中抓了出来，肉食和酒水终于成为了人们梦境之外滋养身体的"崭新填充物"，人们眼底的鬼影子消失了，那腹中的冷雪，一碗烈酒下去，马上就融化了，变成一泡热尿，哗哗哗地就冲出了体外。什么末日审判，人们沉浸在了末日的狂欢之中，直到自己找不到自己或一再把横卧在街边的别人当成自己为止。当然，也有两个人什么肉也吃不下去，一口酒没喝，他们分头离开了两个不同的丧宴，不约而同地来到了一个池塘边。他们不是别人，两位死者的父亲。"知道吧，这池塘里死过很多人？"开口的是张佑太的父亲。猎虎队分队长没搭腔，递给对方一支纸烟，两人都点了火，坐到女人们用来洗衣服的两个石墩子上，一声不吭地抽了起来。抽完了，又续上，冷冷的目光下，两个人的头上就像罩上了一团灰雾。其间有几个醉汉腾云驾雾地从身边飘过，见了他们，也总是把他们视为石墩子。"你说，这两条狗命怎么就这么没了？"沉默了两个时辰左右，也不知这话是谁说的，也没有另外的声音附和。随后，他们的对话像喷火艺人嘴巴里喷出的火焰，同样也分辨不出哪一束火焰是谁喷出来的。

"今天，我一直在想，为什么两个孩子会落得这样的下场，想来想去想不明白。唯一的可能就是你把我们之间的血仇告诉了孩子！"

"血仇？什么血仇？我们之间什么时候结下了让儿孙以死相殉的血仇？"

"请你不要装糊涂好不好。那一天，我们十多个猎虎队员，一人披一件虎皮进山猎虎。说好了的，大家分别埋伏在不同的地方，等着几只老虎从打虎峰上下来，我的哥哥，他就躲在两棵松树之间，根本不在老虎行走的小路上，结果，老虎还没来，你就开枪了，一枪就要了他的命！"

"不，我没有，绝对没有，你这是诬陷。那天晚上，月光那么亮，我肯定不会把人看成老虎。而且，那晚上，我一枪未放，老虎听见枪声，根本没从打虎峰上跑下来！"

"你还要抵赖？"

"我没有抵赖。我只听见有人放枪了，接着就听见了一阵乱枪。是的，你的哥哥就被打死了。"

"我知道你和我哥哥同时喜欢上了一个女人，你是借机除掉他！"

"你放屁，我他妈哪个女人也不喜欢，你哥哥喜欢谁我也不知道。我凭什么要他的命？凭什么？噢，照你这么说，后来的一天，同样是进山猎虎，我弟弟也是被一枪毙命的，那开枪的人原来是你，是你在报仇啊！"

"不，我只杀虎，从来没杀过人。尽管我知道你杀死了我哥哥，我有一百次机会杀了你，我都没开枪。我为什么要杀你的弟弟？"

"你别装了，你不杀人，我难道没看见过你杀人？每个人都披着虎皮，我就亲眼看见你把一个埋伏在溪水边的人当成老虎，一枪就打倒在了溪水里。我真不知道你为什么要杀他？"

"唉，你真是血口喷人，猎虎队十多号人，老虎打杀完了，人就剩下咱两个，除了有五个被老虎撕吃了，有四个摔死了，其他全是误杀而死，我一个也没杀过，是的，没有。"

"照你的说法，全是我杀的了？"

"你杀过，死去的人里也有人活着时杀过，然后被杀。"

"我再告诉你一次，我没杀过人，听好了，我从来没杀过！"

"哈哈，有哪个杀人的人承认自己杀过人？现在我终于见到了一个。这个人就是你！你不仅杀人，你儿子也杀人！"

"什么？我儿子杀人？你妈的，我真想杀了你，这一分钟，我真他妈想杀了你。我儿子分明是你儿子杀的，你把血水往我头上泼倒也罢了，现在你又来往我儿子头上泼！"

"哦，这个你也不承认？我儿子从来没有过匕首，匕首肯定是你儿子的，他用它杀了我儿子。"

"你儿子会没有匕首，我相信你儿子生下来，口里就含着一把匕首。请你不要再洗白自己和自己的混蛋儿子了！"

因为有月光，池塘里倒映着打虎峰淡淡的倒影，说到猎虎行动和打虎峰，两个黑影还会伸出手指，对着池塘指指点点。那些秘而不宣的往事，仿佛已被他们联手沉入了池塘。事实上也是，两个黑影没完没了地互喷火焰，谁也没把谁烧焦，不仅没有动手，彼此还互递香烟，相互有着忌惮与默契。他们一直在说，说到黎明降临，揭发，否认，再揭发，再否认，说的都是对方的手上沾满了鲜血，而自己是清白的，罪恶没有可靠的证据，清白也没有可靠的证据。对于刘庆文和张佑太两个孩子的恶性死恨事件，他们都力图找出原因，"血仇"被找出来了，但血仇也是无人认领的，无非是他们两个人之间最为隐秘的一个话题，永远不可能向小镇上的人公开。你不能说他们都彻底忘记了自己作为父亲的身份，没有了老年丧子者的悲剧，说到他们第一眼看到儿子尸体那一刻的景象，其中一个人还捡了一块石头，恶狠狠地砸向了池塘里的打虎峰，另一个人则往自己脸上重重地击了一拳头。他们的悲与疼被他们藏起来了，不对，应该说他们的悲与疼，因为害怕别人从两个孩子的死亡事件中发现什么，他们就有意地回避开了。同时，当他们将两个孩子的命称为"狗命"，又说明他们又恢复了自己猎虎队队员的身份，拥有着猎虎时代"猎虎英雄"和"两个光荣的幸存者"光焰之下那颗战士的心。作为父亲时，他们不相信儿子会以自己的死亡去了结"血仇",其中必然另有隐情,可他们却又害怕深入的调查,毕竟他们经受不了调查。所以,当办案机构以杀人和自杀为结论草草结案,他们没提半点异议。可是,作为猎虎队队员,对于儿子以命了结"血仇"之说,他们是乐于接受的,了了,一了百了,这了可以彻底地埋藏所谓血仇,可以无奈地用"狗命"去抵冲部分血债。他们不是猎虎时代血雨腥风的掀起人,但他们是马头卒,以前因为种种原因而被裹挟,现在因为拒绝觉醒而害怕审判。两个儿子的死,按说给了他们接受审判的机会,他们放弃了,反而用儿子的尸体去压住了打虎峰山顶的风雪。

杀过狮子的人

从荒丘上下来，马兴旺没有急着去山谷里的村庄见相好，而是找了片向阳的山坡，在草丛中躺了下来。暮秋的阳光，从几片云朵间透过来，正好可以抵消山坡上的凉意。他先是把上衣脱了，晒上几分钟，又把裤子也脱了，赤条条地躺着。他的眼睛是闭着的，双手却没有闲着，不停地抚摩着自己的双肩、胸口和肚子。当他发现无论自己怎么用意念控制自己，也难以平息剧烈跳动的心脏，他的双手才停止了移动，重重地压在了心脏上。但这样的压制，也没有让他的心脏安宁下来，相反，他开始了痉挛、抽搐，就连双腿也开始激烈地扭动，拼命地拍打着山坡。在荒丘上走过的那个采药老人眼里，山坡上的马兴旺"他脱光了衣服，仿佛还想把自己的皮肤撕下来，似乎他的身体里躲着那个杀死他父亲的人，他想抓住那个人，杀死那个人！"

在我野马山丘的闲逛生涯里，我曾经长期跟踪过这位采药老人。按照山谷里人们的说法，这位采药老人从来没有在山中挖取和摘下过任何一种药物，一生都在荒丘上走动，他是在寻找他丢失的魂魄。当然，也有人说，他是在找李定国将军所率的大西军埋下的宝藏。找魂之说，在每个人灵魂附体的年代，更像是一则新闻，一个人这么说，山谷里所有的人也就相信了。可是，到了现在，人人都失魂落魄，反而没有人相信了。"你骗谁啊，谁会相信这个老头花一生的时间，就是为了找一种看不见、摸不着的鬼玩意？"人们开始咬定，采药老人身上一定有一张藏宝图。我是不相信寻宝说的。南明王朝丢盔弃甲，李定国魂不附体，大西军状如流寇，即便带了些宝贝流亡云南，也早就挥霍一空了，哪儿有机会埋没于荒山野岭之中。所以，我决定跟踪一下这个老头，看他是找魂呢，还是别有所图，或者真的是在寻找一味什么神奇的药物。云南的荒丘，从浪穹县一直向南绵延，过哀牢、无量，直抵镇越县境，停止于老挝北部。我跟在他的身后，往返穿越，或停顿于一再改换地名的小镇，或迷路于无人光临的深山，饮水中毒，食用野花致幻，在一座座冷落的小庙里清数雷声和闪电，像恶狼一样偷食无人看顾的羊羔。在景东县漫山遍野的乔木杜鹃林里，我因为花粉过敏，浑身红肿，发痒，并昏迷于一块巨石之上。采药老人没有像其他被跟踪的人那样甩脱我，而是将我背出杜鹃林，将我的衣服脱光了，放进了一条碧绿而又清凉的溪水中，直到我清醒过来。当然，见我还魂了，他用慈善的目光盯着我，还是忍不住问了我一句："为什么跟踪我呢？"但他的语调没有恶意，甚至他的发问，给人的感受也没有一定要得到答案的意思，他的问，完全可以理解为无话找话说。我躺在溪水里，先向他致谢，然后才告诉他，因为我很好奇，想知道他在干什么。

他说，他在找一个杀过狮子的人。

从溪水里起身，穿好衣服，把他留下的一个芒果和木瓜吃完后，他已经走上了另一道山梁。那一刻，天已黄昏，太阳落入了无量山层层叠叠的青峰丛。晚风是从西双版纳方向吹过来的，带着雨林丰饶的潮湿与腐味，其中，有灰色的鸡蛋花幽灵般的香气。"喔，找一个杀过狮子的人？"我找了一座悬崖坐下，望着采药老人沿着山梁上的荒径费力地继续南行。他的身影越来越小，渐渐地就没了，代之的是南方天空上一颗颗闪光的星斗。他为什么要找那个杀过狮子的人呢？又为什么要尽可能地绕开市镇到荒野里去找？他在找那个人的坟墓？第二天，当我赶上采药老人，我把三个问题跟他说了，他突然变得有些神色慌乱，取下腰间别着的砍刀，移步至一棵菩提树下，疯了似的砍断了很多根菩提枝条。末了，才掉头，喘着粗气，对我说："你还是把我当成一个寻宝的人吧，也可以当作一个找魂的人……"那是我第一次从他的眼睛里看见凶光，锋利、冰冷。之后，也再没看见过，即使他在向我描述马兴旺癫狂的景象时，他的目光也是柔和的，让人有一种不安的归宿感。

　　"哦，马兴旺，我认识他的时候他还是一个少年，是一个老佛爷的徒弟，穿着袈裟，喜欢爬到大青树上去诵经……"采药老人每次说起马兴旺，更多还是乐于提及做小和尚的马兴旺，那个寻找杀父仇人的马兴旺，能够绕开，他就会尽力绕开。所以，当他把砍伐下来的菩提树枝积在一块儿，扔了砍刀，一屁股坐到枝条堆上，他开始用近乎于哀求的语调对我说："寻找与跟踪，都是他妈的业障，你别跟在我身后了好不好，好不好？我找杀过狮子的人关你屁事啊，我已经找了几十年，你就让我一个人去找，你斜插进来干什么呀？"边说，边用手使劲地撕扯着身下的菩提叶，并把撕碎的菩提叶往头顶上抛撒。我无意将采药老人逼入绝境，走到他身边，蹲下来，将他一头白发的脑袋揽入怀里，拍着他的后背，向他道歉，告诉他，他可以继续南行，我再跟踪他一个月就将返回浪穹县，不再跟踪他了。话没说完，那贴着我胸口的脑袋，嘴巴咧开，发出了长长的一声狮子般的悲鸣。喷涌而出的老泪，把我的衣襟浸湿了一大片。

几年后，在一座精神病医院里，我找到了马兴旺。医院建在哀牢山中，周边有几个傣族寨子，而且每个寨子里照例都有金色的缅寺。马兴旺是由他的相好送到医院来的，他的相好不认为他有精神病，只是觉得他总是把自己的衣服脱得精光，寨子里的人认为很丢人，只好送到医院里面来。我看见马兴旺的时候，他穿着医院统一的病服，坐在医院围墙边的一棵芒果树下，光光的脑袋靠在树干上，眼睛朝着天空，手里折着枯枝，不像一个病人，倒像一个默诵经卷的居士或还俗的和尚。医生喊他的名字："马兴旺，有人找你！"他侧目看了看医生，声音很洪亮："谁找我，找我整啥子？"令我无比惊诧的是，听说有人找他，马兴旺站起身来，朝着住院部，风中的云朵一样就跑了。再次出来，他已经脱光了衣服，赤条条地出现在住院部门前的草坪上，胸腹之上，全是密密麻麻的伤痕。医生说，让医院一点儿办法也没有，马兴旺总是用自己的指甲、树枝、石片，没完没了地划自己腹胸上的皮肤，总是说要把自己的心脏拿出来，献给被人杀死的父亲，而医院又不可能将他绑起来。最要命的是，任何镇静的药物，对他一点儿作用都没有。脱光了衣服的马兴旺，躺到草坪上，痉挛、抽搐，与采药老人描述的没有任何区别。我坐到草坪上，拉大嗓门，问他："你知道是谁杀死了你的父亲吗？"他猛然抽身而起，在草坪上狂奔，口里嚷着："哦，狮子，狮子，哦，狮子……"

采药老人至今还在云南山中寻找杀过狮子的人，马兴旺也一直在嚷嚷着狮子狮子。他们两个人像我生活里的幽灵一样，不时又跳出来，外形也渐渐趋向于狮子。很多谜团注定是没有谜底的，即使有，也总会被时间或人工永远掩盖着。今年春中，我又有过一次从浪穹县至镇越县的山中行，曾在一个澜沧江边的缅寺中听到过这么一个故事：一头从缅甸来的狮子，曾经窜进寺庙，叼起念经的一个信徒就往深林里跑。就在那时候，一个背着猎枪的采药人刚好路过，"乒乒乒"就是三枪，狮子把叼着的人放下，跑了。可丢下来的信徒死了，身上留着三个弹洞。见此情景，寺庙里的一个小和尚被吓疯了……我相信这个故事是真实的，也是一直被死死捂住的。令我不解的是，那故事中的两个人完全可以对应现实生活中的两个，他们果真是我认识的这两个人吗？如果是，他们寻找的意义是什么？也许我还得去找找采药老人和马兴旺，尽管我也说不清，见到他们我能讲什么。